LABORATORIO DE CUENTOS II
Para que te sigas entreteniendo

Alonso Rivera

Reservados todos los derechos. No se permite la reproducción total o parcial de esta obra, ni su incorporación a un sistema informático, ni su transmisión en cualquier forma o por cualquier medio (electrónico, mecánico, fotocopia, grabación u otros) sin autorización previa y por escrito de los titulares del copyright. La infracción de dichos derechos puede constituir un delito contra la propiedad intelectual.

El contenido de esta obra es responsabilidad del autor y no refleja necesariamente las opiniones de la casa editora. Todos los textos e imágenes fueron proporcionados por el autor, quien es el único responsable sobre los derechos de los mismas.

Publicado por Ibukku
www.ibukku.com
Diseño y maquetación: Índigo Estudio Gráfico
Copyright © 2021 Alonso Rivera
ISBN Paperback: 978-1-68574-041-2
ISBN eBook: 978-1-68574-042-9

Índice

Algoritmo	5
Auto viejo	19
El adiós	35
El ciclo	49
El portal del tiempo	61
Ingeniería biológica	77
La marrana	91
Parrillada	107
Raíces	121
Rumi Mayu	137
Tecnología publicitaria	153
Transfusión de sangre	167

Algoritmo

La vida no había sido justa con Euclides, aunque en realidad no es que fuera injusta o justa, sino que las cosas se desenvuelven de diferente forma para cada persona. Algunos amigos se lo habían advertido, y varias veces, e incluso hasta familiares le habían hecho notar que en un país como el nuestro un graduado en Ciencias Matemáticas no tenía mucho campo laboral para progresar. En realidad, el país no tenía una academia de ciencias de reputación mundial, ni mucho menos, ni algo que se le pareciera, donde una persona con su preparación se pasara el día (rentablemente) tratando de desentrañar los misterios que los números esconden: ¿Qué pasa si multiplicas un número formado por cuatro unos por otro formado por cinco unos? ¿Cuánto suma una serie infinita de números en la que el primer número es positivo y el siguiente es negativo? ¿Existe la identidad numérica perfecta? Y otras preguntas que podrían demandar meses, semanas o años en ser resueltas, pero que en la vida práctica no tienen una aplicación productiva, y como todas las personas están pensando en cómo llevar un pan a la mesa, o tal vez cómo incrementar o al menos conservar su fortuna realizando actividades económicas generadoras de dinero, no estaban interesadas en este tipo de ejercicios mentales, y por lo tanto, no se creaba un espacio en el mercado laboral.

Pero como toda actividad de cualquier índole que se realice y genere valor agregado tendrá una demanda, aunque sea mínima, pero demanda al fin (siempre hay un roto para un descosido, reza el refrán), aun con esta profesión tan poco común, Euclides si tendría donde colocarse, y para el caso encontraría ubicación dentro de la actividad docente en el nicho de matemáticas. Ya había suficientes profesores universitarios con la experiencia y pergaminos para ocupar los poquísimos puestos en el rubro, y sólo quedaban posibilidades en los colegios, y para el caso de Euclides sólo en colegios estatales o parroquiales que lamentablemente son los que manejan los más bajos niveles salariales. Claro que queda el consuelo de afrontar este reto no tanto como una profesión rentable, no tanto por el dinero, sino como eufemísticamente se le conoce a este desprendimiento económico, por estar ejerciendo un verdadero apostolado en favor del progreso de la niñez, lo cual traducido significa una ratificación de que el sueldo va a alcanzar con las justas para un poco más que la canasta básica familiar.

El ser profesor, como todo en la vida, tiene sus ventajas y sus desventajas. Por ejemplo, el maestro es una autoridad en el aula, puede disponer que los chicos se pongan de pie para saludarlo, que se sienten y se queden callados. Puede expulsarlos del salón cuando se portan mal, mandarles tareas domiciliarias para que se pasen el fin de semana trabajando, o incluso ponerles exámenes difíciles para jalarlos. Sin embargo, en un arrebato de magnanimidad, tiene la facultad de darles asignaciones especiales o monografías para que levanten la nota y puedan aprobar el curso, o en su defecto dar puntos extras por intervenciones orales y participación en clase. Son verdaderos monarcas en su salón de clases.

La parte negativa del asunto ya se ha mencionado, que es el bajo nivel remunerativo, teniendo en cuenta que una parte de sus ingresos tiene que ser necesariamente gastado en vestuario, con la finalidad de presentarse dignamente ante sus alumnos y no perder la ascendencia que siempre debe mantenerse sobre ellos. Porque de lo contrario, si se llega a perder el control de los muchachos, entonces todo se convierte en un caos porque éstos van a querer pasar por encima de su profesor, cundirá la indisciplina y no habrá forma de controlarlos. Uno de los aspectos que tiene que cuidarse es, entonces, la presentación, porque es un axioma totalmente comprobado que "como te ven, te tratan", y entonces el aspecto pulcro y reluciente debe siempre ser una prioridad.

Otra parte de los ingresos se dispone para lo que es la propia manutención, diversión (aunque sea muy austera, puesto que no puede estar totalmente ausente), sociabilización y transporte. Y este último es uno de los asuntos que obligaba a Euclides a batallar todos los días para ver cómo ahorraba dinero gastando lo menos posible en el vehículo público que lo llevaba a su centro laboral y por otro lado tratar de ir lo más cómodo, es decir, lo menos apretado en la cabina para que no se maltrate su ropa, y de esta forma obtener también ahorros por concepto de conservación del vestuario.

En muchas ocasiones había tenido que viajar colgado de la puerta, con un solo pie en el estribo, el otro al aire y aferrándose con las manos al marco de la puerta que permanecía abierta porque en las condiciones de llenura del vehículo, era imposible cerrarla. Luego, conforme iba avanzando el trasporte y se producían subidas y bajadas en los siguientes paraderos, él podía irse deslizando hacia adentro, hasta poder asirse del pasamanos interior con el saco medio enredado en su cintura, la manga del pantalón con el polvo de los zapatos de la gente que pasaba por su costado, y su propio calzado lleno de tierra y ya sin brillo por los pisotones que recibía a cada momento, que a veces lo obligaban a caminar en puntitas de pie.

Sin embargo, por alguna razón inexplicable, en algunas ocasiones llegaban al paradero donde él estaba esperando, mini buses con pocos pasajeros, lo que le permitía viajar parado pero muy cómodo, holgado de espacio, y más aún, en un día de suerte conseguía asiento apenas subía o luego de algunas paradas que hacía el medio de transporte para recoger y dejar pasajeros. Como Euclides salía siempre de su casa a la misma hora y llegaba al paradero caminando utilizando casi exactamente el mismo tiempo, entonces la lógica diría que siempre debía encontrar al vehículo en las mismas condiciones de ocupación, porque salvo los minutos más o los minutos menos que demoraba en llegar el transporte todos los parámetros se reproducían día a día de lunes a viernes.

Y esta situación es la que llamó la atención de la rigurosa y lógica mente de Euclides, ¿Qué era lo que determinaba que un día el transporte pasara absolutamente repleto de gente y otro no digamos vacío, sino razonablemente desocupado como para que pueda estar cómodo cuando subía para tomar el servicio? Si pudiera resolver este misterio, entonces no solamente lograría viajar holgado todos los días, sino que alcanzaría el objetivo de que su ropa se conservara en mejor estado. Pero muchísimo más importante aún, conseguiría resolver el problema del transporte de la ciudad, y muy probablemente tendría a su disposición un puesto en la Municipalidad como Jefe de la Dirección de Transporte Público, o tal vez como Vice Ministro de Transporte y Comunicaciones, si es que lograba que su trabajo sea tan efectivo que el Gobierno quisiera aplicarlo en otras ciudades. Cuando su mente empezó a volar para imaginar qué pasaría si su trabajo de investigar y resolver el problema del transporte lo hiciera tan famoso que lo requirieran en otros países, su propia conciencia le dio un frenazo en seco para que regrese a la realidad, pues no valía la pena fantasear tanto cuando recién había tenido la idea y por el momento no tenía ni siquiera ninguna hipótesis que explicara su observación, y menos aún, indicio alguno que podría convertirla en algún algoritmo que materialice la solución. Pero la idea era el comienzo, y ahora debería actuar como un profesional para desarrollar el proyecto más importante de su vida.

Lo primero sería planificar el estudio que le permitiría descubrir la fórmula mágica, y por su experiencia profesional en la solución de problemas matemáticos, sabía que lo que tenía que hacer antes que nada era determinar las variables con las que trabajaría. La variable dependiente sería, a no dudar, la hora de llegada del bus, y tendría que tener como variables independientes el porcentaje de ocupación del vehículo, el tiempo que demoraba en pasar otro bus, el día de la semana, y también tendría en cuenta como otras variables a ser analizadas, el precio del pasaje, el costo el combustible, la antigüedad del vehículo, y asimismo debería considerar la cantidad de pasajeros que estaban en espera en ese momento en el paradero en estudio.

Con esa información, tendría que hacer la hipótesis respectiva, y luego, siguiendo el método científico, empezar a buscar la bibliografía necesaria para ir documentando el trabajo y darle la suficiente base para poder pasar a deducir y construir el modelo matemático que describiera el fenómeno.

Primero escribiría la ecuación inicial que relacionaría las variables en forma muy preliminar y tentativa, y luego pasaría por el proceso creativo mental de irse imaginando cómo reaccionaba cada una de las variables cuando una de ellas cambiaba en el tiempo mientras las otras permanecían constantes, porque esto le permitiría estimar los coeficientes y exponentes de cada una de ellas. Tal vez el análisis dimensional sería lo más adecuado para esta etapa inicial, de modo que pudiera deducir los exponentes a los que estaban elevadas las dimensiones dentro de la ecuación. Claro que sería un buen inicio de la investigación. Se imaginará el lector lo complejo de esta etapa del estudio, si simplemente entender lo que se ha planteado en las ocho líneas precedentes requiere ser leído varias veces para entender los alcances de lo que él quería hacer. Sin embargo, eso no desanimaría a un estudioso teórico, porque todo trabajo de investigación comienza de esa manera.

Sin embargo, este análisis previo le permitiría saber si efectivamente las variables estaban relacionadas, excluir a los que no lo estuvieran e incluso también en esta etapa podría incluir nuevas, como si el chofer del bus era el mismo que pasaba a la hora indicada en el paradero, o la velocidad a la que llegaba a éste y la aceleración al reiniciar la marcha. Y por supuesto, no estaba olvidando considerar la cantidad de pasajeros sentados y parados que podía transportar el vehículo de acuerdo a diseño, y el porcentaje por encima del cual se consideraría un vehículo tugurizado, o sea, unos cuantos pasajeros menos a partir de los cuáles ya no entrara ni un alfiler desnutrido en la cabina, o alternativamente definido como cuándo comienza el primer pasajero a viajar colgado del estribo.

De esta forma, habiendo considerado varias variables adicionales, y con la finalidad de no hacer demasiado compleja la parte práctica, decidió eliminar temporalmente el costo del combustible y el precio del pasaje, porque estas variables macroeconómicas seguramente se verían compensadas exógenamente por otras del mismo rubro, como son incrementos salariales o ahorros obligados que tendrían el efecto irrefutable de compensar las posibles alzas de tarifas. Y si se produjeran bajas en la tarifa de transporte, en este caso probablemente el pasajero se gastaría lo que dejó de pagar en otras cosas, y asunto arreglado en el balance económico.

Euclides ya tenía la lista de variables que usaría para esta primera aproximación, y en su mente había comprobado que sí estaban relacionadas, al menos, tenía sobre esto una certeza mesiánica. Ahora, lo que correspondía era el análisis dimensional, con lo que preliminarmente descubriría los ya mencionados exponentes dimensionales fundamentales. Sólo él, en su cerebro que trabajaba frenéticamente, podía entender lo que pensaba, pero la esperanza era que luego de terminado el desarrollo lo explicaría de una forma tan simple, pero tan simple, que todos los oyentes se admirarían de no haberlo descubierto antes.

Y finalmente, la constante de proporcionalidad para balancear el análisis dimensional. Con eso tenía la fórmula empírica y entonces lo que tocaba ahora era ir obteniendo datos de campo para hacer la consistencia entre los valores que se calcularían con su fórmula y los reales. Pero esto si sería un trabajo, si bien no tedioso ni exhaustivo, si bastante largo, porque sólo podría conseguir un valor cada día conforme él mismo fuera en la mañana al paradero para tomar el transporte hacia el colegio.

Era curioso ver a Euclides cómo iba al paradero todos los días, media hora antes que de costumbre, con libreta y lapicero en mano para ir levantando información, con un cronómetro en mano para medir velocidades, tiempo entre bus y bus, y alguna otra información que aunque no estaba entre las variables de la fórmula, él presentía que le podría ser de utilidad.

Como generalmente eran las mismas personas las que se reunían en el paradero a la hora en que iba Euclides, no pudieron evitar notar las extrañas mediciones que hacía y las constantes anotaciones en la libreta, y eso comenzó a intrigarlos. ¿Quién era ese tipo que se comportaba tan extrañamente? No vestía mal, así que no podía ser uno de esos menesterosos que están vagando por las calles librados a su suerte; tampoco un orate, porque luego de hacer sus anotaciones, guardaba su material y se subía al bus, y las personas que viajaban con él lo habían visto bajar en el colegio varias veces, y por consiguiente debía ser un profesor que seguramente estaba preparando un cuestionario o alguna tarea para sus alumnos relacionada con los medios de transporte. Sin embargo, por precaución, la gente tanto en el paradero como dentro del vehículo, trataba de no pararse muy cerca de él, no vaya a ser que en algún momento se le cruzaran los chicotes y la emprendiera a golpes, palazos, pedradas o hasta balazos contra los que estuvieran más cerca. Nunca está demás tomar precauciones.

No faltó un vecino o vecina, en realidad no se pudo saber quién fue, pero parece que estaba un poco afectado por la ola de asaltos y robos que se presentaban todos los días en la televisión, en los que se veía que a pesar de la presencia del Ministro de Control Interno en todos los operativos exitosos que salían en los medios de comunicación, no se habían podido controlar del todo, lo que lo llevó a pensar que lo que estaba pasando era que Euclides estaba haciendo lo que se conoce como reglaje de la zona, es decir, la planificación de un acto delictivo.

La mañana siguiente, un grupo de élite de la policía se hizo presente una hora antes del momento habitual en el que llegaba el bus que se llevaba a Euclides, y con mucho profesionalismo hizo su emplazamiento en lugares estratégicos para poder realizar la captura. Varios estaban convenientemente camuflados para no despertar sospechas. Uno de ellos se había disfrazado de vendedor de frutas, y estaba con su carretilla más o menos a media cuadra del paradero, en el camino por donde usualmente venía el profesor. No despertaba ninguna sospecha excepto porque no vendía nada y no hacía el menor esfuerzo por hacerlo, y cuando alguien se le acercaba para preguntar por el precio de los productos, le lanzaba una mirada tan horripilante que inmediatamente lo hacía desistir del intento. Otro se disfrazó de empleado de limpieza, pero barría y barría los mismos diez metros a pesar que ya no había ni polvo en el piso. Sin embargo, se ubicaba a escasos dos metros del paradero, lo que daba a entender que él sería quien realizaría el primer asalto. Doblando la esquina se estacionó una camioneta 4x4 con una dotación de cinco policías armados hasta los dientes, uno de los cuales tenía un radio en la mano, para mantener comunicado a todo el destacamento. Todos estaban listos para el operativo y con la adrenalina al tope. ¡Todos alerta!

Llegó Euclides, caminando pausadamente, con su libreta en una mano y lapicero en la otra, como de costumbre tomando nota de la información relevante. Como siempre, se detuvo cerca de poste de luz, donde habitualmente se apoyaba para estar más cómodo, y anotaba datos y dibujaba esquemas con la tranquilidad de un inocente científico. Por supuesto, no dejó de notar que había un cambio en el paisaje rutinario, ¡ahora había un vendedor y un empleado de limpieza! ¿Sería algo eventual o estaba cambiando el patrón? Por supuesto, que todo fue anotado cuidadosamente.

De pronto, ¡se inició el operativo!, y el operario de limpieza arrojó la escoba y en milésimas de segundo saltó sobre Euclides derribándolo tan de improviso que nuestro protagonista ni siquiera tuvo tiempo de lanzar de un quejido. Casi en simultáneo, el vendedor de frutas se bajó del asiento de la carretilla, e inició la carrera en apoyo de su colega, pero sin darse cuenta que había un plátano que se había caído al suelo y estaba, coincidentemente, justo donde apoyó el pie. Resbalón imprevisto y sonoro costalazo contra el piso fue el resultado de este sarcasmo del destino. Pero su disciplina espartana lo hizo rebotar instantáneamente y retomar la carrera hacia el objetivo, que yacía inmovilizado tendido boca arriba. Pero con su ayuda, valga la aclaración para no quitarle mérito, lo inmovilizaron totalmente hasta el punto que ya no podía ni respirar.

En vista del exitoso operativo, se hizo presente nuevamente el casi actor principal en los noticieros matutinos, el mismísimo Ministro de Control Interno, y tras él, las cámaras de varias televisoras para cubrir la noticia. Luego de presentar a Euclides convenientemente aprisionado por dos enormes agentes para evitar que escape, uno de los cuales lo jaló del pelo para que levante la cabeza y pueda tomarse un close up con las cámaras, el Ministro dio un breve discurso y una severa advertencia a la delincuencia y se retiró en busca de otro set, o sea de otro operativo exitoso para continuar su indetenible carrera hacia el Óscar al mejor actor.

Afortunadamente, el Director del colegio había visto la noticia por televisión en los precisos momentos en que el noticiero la transmitía en vivo, y en compañía de otros profesores fueron a la comisaría para liberarlo, lo cual ya era prácticamente un hecho, pues de las indagaciones y de la revisión minuciosa de sus pertenencias lo único que pudieron deducir era que era un tipo que estaba medio loco. Y que era mejor lo soltaban, no vaya a ser su estado mental fuera contagioso. Aunque para el acto de liberación ya no hubo periodistas ni cámaras de televisión, pues un siempre bien informado Ministro de Control Interno había dado la orden de "no hacer luz al chasco y más bien deshacerse lo más discretamente del loquito".

El carácter pacífico con mente abierta y científica de Euclides le permitió olvidar rápidamente el trago amargo y retomar las investigaciones. Pero en vista de la peligrosidad que había comprobado era generada por el proceso de recopilación de datos, decidió utilizar los que había recolectado hasta el momento para hacer las primeras corridas de comprobación de su fórmula. La única forma era hacerlo con una computadora porque la complejidad de la relación matemática haría imposible que se pueda aplicar algún método numérico manual siquiera con la mínima posibilidad de éxito, de modo que como él no tenía todavía una, aunque estaba ahorrando hacía varios meses para realizar su adquisición, habló con el Director para que le dieran facilidades fuera del horario de trabajo. No hubo inconveniente, sobre todo porque de la forma en que lo explicó Euclides quedaba claro que era un proyecto factible que podría catapultar a la fama no solo al autor, sino que de pasadita llevaría el prestigio del colegio hasta lo más alto. Y eso era muy bueno.

Esa misma tarde se instaló en la sala de profesores, en la soledad que se produce en el colegio cinco minutos después de la hora de salida, y empezó a desarrollar en el lenguaje computacional el aplicativo que permitiría hacer las corridas de prueba. Era realmente un trabajo que consumía bastante tiempo, y sin darse cuenta, se le pasaron dos semanas quedándose hasta más de la diez de la noche preparando el programa que procesaría la información. Pero eso era demasiado, una persona sola no podría resistir tanto esfuerzo mental, y eso se reflejaba en cada vez más errores en la programación que saltaban en cuanto creía haber terminado con cada una de las secciones del aplicativo y empezaba a ingresar datos y lo ponía en funcionamiento para obtener resultados. La frustración comenzó a rondar por la cabeza de Euclides, pero lo peor es que venía de la mano del cansancio físico y mental.

Afortunadamente, el Director del colegio se dio cuenta del precario aspecto que presentaba Euclides, y la declinación en la eficiencia y energía con las que desarrollaba su labor docente, y decidió ayudarlo. Luego de conversar con él acordaron que sin quitarle para nada la autoría del proyecto, involucrarían más al colegio en su desarrollo, para lo cual seleccionarían a los mejores alumnos de cuarto y quinto de secundaria para que se pongan a sus órdenes, y de esta manera darle un respiro no solo en la labor de recolección de datos que podría reiniciarla luego de un breve entrenamiento a sus nuevos colaboradores, sino que aprovechando que algunos de ellos tenían habilidades computacionales, podrían ser claves en terminar exitosamente el aplicativo. Él se convertiría en un supervisor por momentos, y en ejecutor en otros, pero tendría un respiro que le permitiría recuperarse física, mental y anímicamente.

A los pocos días, ya con la mente más descansada, se empezó a ver el efecto beneficioso de la decisión que se había tomado. Se dio cuenta de errores que había cometido en la programación, pero eran fallas tan evidentes que le era difícil concebir como no se había dado cuenta antes, es más, cómo pudo haberlos cometido. Era muy estimulante como cada uno de los subprogramas que se habían diseñado empezaban a funcionar, y a dar resultados, pero más emocionante fue la ardua tarea de integrarlos y luego, cuando se concluyó, ver cómo funcionaba e iba entregándole respuestas.

Era el momento de ingresar la información que tanto tiempo le había llevado recolectar a Euclides. Los muchachos, con la alegría y energía que corresponden a su edad, hacían del trabajo un juego, una diversión y avanzaban muy seguros de lo que hacían. Pero Euclides, parado detrás de ellos, mostraba en el rostro una emoción contenida mezclada con la angustia de anhelar que los resultados finales fueran correctos, con lo que habría logrado el mayor éxito profesional de su vida. Finalmente, ya estaban todos los datos, faltaba el parámetro final que era ingresar la fecha del día siguiente para que el sistema arrojara la hora a la que tenía que estar en el paradero y que coincidiría con el bus más desocupado. Así lo hizo, y ahora lo único que faltaba era presionar el botón de ejecución en la computadora. Era el momento más emocionante para él, el de más alta adrenalina. Accionó la función de procesamiento, y la máquina, un poco obsoleta es cierto, comenzó a trabajar con la data, y algunos segundos después, arrojó el resultado: debía ir al paradero diez minutos después de la hora habitual a la que subía al vehículo: ¡era una locura!, ¡no podía ser!, era sabido que cuanto más tarde se iba al paradero, más se congestionaba y más lleno llegaba el transporte de modo que se hacía casi imposible subir. Pero no había caso, la única forma de comprobar la exactitud del cálculo era ejecutar lo que decía la cifra que había arrojado el proceso, con el riesgo de llegar tarde al colegio y empañar su impecable registro de estar siempre antes de la hora de ingreso. Excepto, claro está, el día del operativo policial. Pero era el riesgo que debía asumir.

Al día siguiente llegó como de costumbre al paradero, media hora antes, para continuar con su levantamiento de información. A hora de siempre, llegó el bus repleto de gente, casi saliéndose por la ventana, y aunque le dieron ganas de subirse a como diera lugar como normalmente lo hacía, se contuvo y lo dejó pasar, pero se quedó con la duda si estaría haciendo lo correcto, no podía evitar que la duda lo invadiera e hiciera flaquear la convicción que por momentos lograba de que todo saldría bien.

Exactamente nueve minutos y medio después, se vio como a dos cuadras que venía un nuevo bus. Se acercaba lentamente, pero por la distancia no se podía determinar qué tan lleno de pasajeros se encontraba, pero cuando estaba a una cuadra Euclides pudo distinguir mirando por el parabrisas que había una luz en el fondo, como que estuviera viendo a través de la cabina: ¿sería posible?

No, no fue un milagro, fue ciencia pura, el bus llegó vacío. Claro, no vacío, vacío, sino lo que se entiende en el argot de los pasajeros como vacío, o sea con todos los asientos ocupados y unas seis o siete personas de pie, pero con suficiente espacio para que suban más personas y vayan cómodamente paradas.

Euclides tuvo que contenerse para no empezar a saltar y darse volatines. Aunque en el fondo se daba cuenta que podría haber sido una coincidencia y lo más aconsejable era mantener la compostura. Sabía muy bien que una golondrina no hace el verano. Así que serenándose subió al bus para ir al colegio. En cuanto llegó fue a la sala de profesores para ingresar los nuevos datos que había anotado y hacer una nueva corrida. El resultado fue que al día siguiente tenía que tomar el bus ocho minutos antes de la hora en que lo abordaba usualmente.

Ese día casi no podía dictar clases esperando que llegara el día siguiente. Mientras estaba hablando, de pronto se quedaba mudo y la mente se le iba hacia lo que ocurriría la mañana siguiente. Quedaba paralizado y ausente, hasta que el ruido de los chicos festejando la cómica situación de ver a su profesor en trance cataléptico lo hacía volver a la realidad.

Terminada la última clase, nuevamente decidió hacer el recálculo de la hora, y el resultado fue exactamente el mismo, con dos decimales de aproximación. Todo estaba correcto, no había duda.

Al día siguiente llegó nuevamente a la hora acostumbrada desde que empezó a desarrollar el trabajo, o sea media hora antes de lo que le era habitual para subir al transporte, en espera que llegara el instante que mandaba el algoritmo. Pasaban los minutos, y Euclides miraba nervioso que apareciera el bus. Llego el momento señalado, pero nada. Pasaron, uno, dos tres minutos y nada, hasta que apareció un vehículo que cuando llegó se presentaba absolutamente repleto, con pasajeros colgados de la puerta que le daban al vehículo el aspecto de que le hubiera salido un grano de acné que estaba a punto de reventar. Había fallado el cálculo.

A pesar del revés que sufrió, Euclides no se dio por vencido, y nuevamente con los nuevos datos obtuvo en días sucesivos resultados que serían comprobados en la práctica, pero en todas las ocasiones, falló. No volvió a repetirse el éxito de la primera prueba. Sin embargo, para Euclides lo único que significaba esto era que tenía que hacer reajustes en su fórmula.

¿Qué podría estar equivocado, si el primer resultado fue tan exitoso? Y entonces se dio cuenta que el día de la primera prueba cuando subió al bus, no bien llegaron al siguiente paradero, éste se replétó de gente que hasta se salía por la ventana. ¡Esa era la respuesta!: en la primera prueba hubo una feliz coincidencia de factores, pero en las siguientes no ocurrió lo mismo porque existía una interferencia de las condiciones que se producían en los otros paraderos. ¡Claro! Además, la primera prueba demostraba que su deducción de las variables independientes y la dependiente era correcta, y lo único que le quedaba por hacer sería incorporar a su algoritmo lo que ocurría en los demás paraderos, incluyendo el inicial, y así podría repetir los cálculos exactos de tiempo en cualquiera de los paraderos.

El Director del colegio le dio el visto bueno para solicitar el apoyo de cada vez más alumnos que se repartirían en los paraderos del bus para levantar información, según unos formatos especiales que diseñó, mientras él se dedicaría a desarrollar las relaciones entre las fórmulas matemáticas correspondientes a cada paradero.

Y así pasaron las semanas, los meses y los años. Muchos alumnos egresaron del colegio y se dedicaron a estudiar, a trabajar o a lo que les deparaba el destino, pero nuevas promociones de colaboradores estudiantiles los reemplazaban, mientras que Euclides continuaba tesoneramente buscando el algoritmo de algoritmos, el que relacionaba todo, el que prediciría lo que él quería. Pero no era posible aparentemente, no llegaba a encontrar la fórmula final. Así que un buen día, ya agotado en sus esfuerzos, hizo la anotación final en su cuaderno de trabajo:

"No debemos perder tiempo en esto, porque la verdad, ¡estos microbuseros son impredecibles!"

Auto viejo

¡Qué delicia es poder adquirir un auto nuevo y poder estrenarlo! No solamente porque causa envidia y admiración de los que nos conocen y nos ven guiando semejante portento, aunque sea solo un 1300 cc, porque si fuera un 1800 cc o 2000 cc o tal vez uno de motor más grande, el efecto gratificante sería mucho mayor. Es que no solamente se crea una imagen de poder entre los que nos miran y admiran, sino que los que hemos manejado autos antiguos o adquirimos alguna vez un carro de segunda sabemos la diferencia entre subirse a un vehículo que requiere todo un protocolo y seguidilla de mañas para hacerlo arrancar, y otro en el que uno se sube sin tener que preocuparse de nada, simplemente poner la llave en el contacto, girarla, y ¡nada! Si, nada de ruido, el motor encendió y no suena nada, el carro no vibra, todo el tablero se ilumina, y el tacómetro, el velocímetro, el indicador de combustible, el de aceite, ¡todos funcionan! Uno solo se da cuenta que ya está listo para iniciar la marcha porque el complejísimo panel se ha encendido mostrando una serie de indicativos conocidos y desconocidos, con luces muy agradables a la vista. ¡Ah!, y el olor. Ese inconfundible olor a nuevo, que aunque sólo dura unos meses, al menos completa la sensación de sentirse superior cuando uno se interna en las pistas.

Pero este no era el caso de Melecio. Él era el orgulloso propietario de un Toyota Corona de 1972, de 2000 cc que en su época fue un ícono de eficiencia vehicular por la línea moderna de su carrocería y su potencia, además que la marca se había ganado justificada fama y prestigio internacional, de tal modo que quien poseía un auto de esos, se acreditaba el reconocimiento como conocedor de la especialidad automotriz, y que había sabido escoger un auto seguro y confiable. Lo malo es que cuando adquirió la máquina, ya tenía quince años de antigüedad y habría tenido al menos dos propietarios antes. Habría, porque el que se lo vendió, podría haber ocultado que tuvo otros propietarios previos, con el oscuro propósito de no poner un argumento en contra al precio de venta que finalmente logró.

Sin embargo, no era el primer auto que nuestro protagonista había tenido, ni tampoco el primero de segunda mano. Es más, todos sus autos habían sido usados así que sabía perfectamente cómo lidiar con estos equipos que fallaban de vez en cuando, de modo que se había convertido en un mecánico autodidacta hecho en el campo para emergencias, por decirlo así. Un mecánico que había aprendido un poco cuando llevaba el carro al taller para hacer las reparaciones que correspondían a las fallas que se iban presentando y que se quedaba mirando y preguntando al técnico que es lo que estaba haciendo para el repetirlo cuando fuera necesario; y otro poco cuando se quedaba botado en algún sitio donde le era imposible conseguir ayuda mecánica. Y entonces debía apelar a todo su ingenio recordando lo que había observado en el taller, para al menos hacer que el vehículo arranque y poder llegar a su casa o al taller automotriz para hacer un mantenimiento o reparación más profunda. Y de una u otra manera siempre lo conseguía, así que el título de mecánico práctico le caía muy bien en relación a sus habilidades.

Tan era así, que en algunas ocasiones había auxiliado a otros automovilistas que habían tenido problemas con su vehículo, y que a lo único que atinaban era a abrir el capó y quedarse mirando los pernos, tubitos, cables, mangueritas, y todo tipo de switches y conexiones que la verdad no tenían el mayor significado para el conductor, pero si para Melecio, que en la mayor parte de las ocasiones lograba el milagro de volver a encender el vehículo, y por supuesto la gratitud del chofer auxiliado, y generalmente alguna recompensa económica que no había solicitado.

Cuando se decidió a comprar el Toyota, fue porque su antiguo carro ya no daba más, un Hillman del 60 que les había entregado todo su poder a sus anteriores propietarios y también a Melecio.

Desde que adquirió el vehículo sesentero, ya sabía que el inexorable desenlace llegaría algún día en un futuro no muy lejano, y por eso había tenido y puesto en práctica la muy buena idea de ir haciendo un fondo de ahorros para la nueva adquisición. Sabía perfectamente que cuando la frecuencia de las reparaciones se empieza a incrementar exponencialmente (término que en realidad desconocía, pero intuía que se refería a que tenía que reparar el auto a cada rato), era símbolo inequívoco que el transporte estaba en "muere" y se hacía imprescindible su reemplazo.

Cuando vio conveniente hacer el cambio de auto no tuvo ningún apuro en empezar la búsqueda a través de los avisos económicos del diario. Para ese momento, ya sabía exactamente lo que quería y entonces en la sección de Venta de Autos Usados, se fue directamente a la letra T de Toyota y ahí ubicó varios Corona en oferta. Tuvo que examinar cuidadosamente la información para diferenciar cual aviso era de venta directa, que es lo que prefería, y cual de vendedores de autos, que según su experiencia, resultaría en mayor costo porque ellos tenían que ganar comisión, y además no confiaba en vendedores profesionales porque tenía la idea que podrían darle gato por liebre. Luego, por el tipo de redacción del aviso, que aunque era de los del tipo económico siempre muestran un indicio de la información que necesitaba, para tratar de identificar si el vendedor era taxista, lo que significaba que el auto había sido usado intensivamente y por lo tanto estaba cercano a ser inservible, o era un particular pues supuestamente ellos manejan con más cuidado el vehículo, y de alguna forma garantizaban una mejor conservación y duración del bien adquirido.

Luego de algunos días de recopilar información de los vendedores que le parecían más adecuados, comenzó a llamar por teléfono para concertar la fecha y hora para ver in situ la maquinaria, revisarla lo mejor que se pudiera, probarla, y por supuesto preguntar por el precio. Muy ordenado y metódico como era, Melecio llevaba su cuaderno de apuntes para tomar nota de la información. No se iba a apurar, aunque sabía que en algún caso se necesitaría una decisión inmediata si es que encontraba una de esas ofertas de vehículo de una sola propietaria que lo usaba solamente para ir al mercado que quedaba a dos cuadras de su casa, es decir un milagro de hallazgo. Tendría que estar atento.

El primer auto que fue a ver estaba en la calle, listo para ser inspeccionado. El vendedor se comportaba muy solícito, un hombre joven pero con cara de saber vivir la vida, salió para atenderlo y hacerle la presentación.

"Es un excelente carro, es del 77 o sea que está casi nuevo, solo diez años", pero se fue de lengua *"trepa muy bien los cerros. Pero está enterito, tiene para varios años de funcionamiento sin problemas."*

Quedaba claro que lo había usado para paseos a provincias, incluso a las zonas andinas. Una rápida revisión del chasis indicaba que había tenido choques, y seguramente alguna volcadura porque se le notaba descuadrado. Las llantas no tenían cocada, o sea que lo usaban hasta sacarle el último centavo al precio del neumático, incluido impuestos. Y finalmente, había que probarlo. Solamente al encenderlo, se produjo una fuerte vibración como si fuera terremoto, y una ligera nube negra salió por el escape. Estaba quemando aceite, o sea que el motor ya estaba en las últimas, seguramente faltaba solo la extremaunción. Miró el odómetro, aunque por la forma en que se expresaba el dueño, la información que estaba ahí no le inspiraba ninguna confianza. Y efectivamente, parecía estar malogrado.

"Es que no lo he afinado. No he tenido tiempo por cuestiones de trabajo."

"Ah, bueno. Y ¿Cuánto es el precio?", preguntó Melecio con cierta indiferencia, como lo haría un experto jugador de póker, pues siempre es importante conseguir la información para hacer comparaciones.

"Lo que pasa es que estoy apurado por venderlo porque necesito el dinero para un negocio de exportación, así que me conformo con dos mil, pero ahorita."

Definitivamente, ni regalado. Ese auto le traería dolores de cabeza.

El siguiente en la lista era del año 79 y para facilitar las cosas, anunciaban el precio que era de dos mil quinientos. Estimó que podía negociar hasta algo menos, de modo que valía la pena darse una vuelta. Aunque era dos años más nuevo que el anterior, costaba quinientos más, lo que estaba dentro de lo lógico, sin embargo, podría significar que su estado también era delicado, o podría ser la oferta que estaba buscando. ¡Ojalá fuera la oferta!, pero tendría que apurarse porque aunque el aviso había salido en el diario del día, siempre hay cazadores de oportunidades que los compran para luego revenderlos, y en estos casos reza el dicho que al que madruga, Dios lo ayuda.

Pero él no había madrugado, y cuando pudo entrevistarse con el dueño, solo le confirmó que *"Justo hace media hora que ya lo vendí. Qué lástima."*

Lástima, efectivamente. Pero encontrar una ocasión es cuestión de suerte, una eventualidad que si ocurre, hay que aprovecharla, pero sin embargo, si no aparece en el camino, se debe continuar con el plan original. *"No ha pasado nada"*, pensó.

El tercer carro era uno del 75. Si bien era un poco más antiguo, en realidad eso no es muy relevante en el caso de autos usados. Lo que importa es cómo lo trató su dueño.

Efectivamente, el auto tenía una excelente apariencia. No había tenido choques serios, aunque se notaba que había sido repintado y eso le deba un aspecto de nuevo. Los asientos estaban bien, aunque ya estaban para pasar por la tapicería, porque la tela estaba bastante gastada. El odómetro si era confiable, y el recorrido en los doce años era de escasos doscientos mil kilómetros, lo cual, por el relativo poco recorrido, era prueba definitiva que nunca había sido usado como taxi. Y finalmente, la prueba del arranque: lo encendió, y un ligero ronroneo lo definía como un automóvil bien cuidado. Ahora si parecía que la compra era inminente. Solo faltaba el precio.

"¿Cuánto es lo que usted pide, señor?"

"Cinco mil." Respondió, con una entonación sobradora como quien dice que se trataba un precio minúsculo para el vehículo. En realidad, el carro estaba bien cuidado, pero ya era antiguo.

"Un poco alto para mi presupuesto. ¿No aceptaría algo menos?"

"No, señor. No me haga perder el tiempo." Y dicho esto, se metió a su casa.

Estaba dentro de lo previsto encontrarse eventualmente con un personaje de cáscara amarga. No era para tanto. Seguramente el carro estaba bien cuidado y el dueño lo valoraba mucho, pero el precio era exageradamente alto. Seguramente había confundido el valor real de su equipo con el valor sentimental que él quería darle. Es que hay personas que se encariñan tanto que en realidad no quieren deshacerse de su vehículo, e inconscientemente le ponen un precio que impedirá hará posible la venta. Un caso para ser analizado por la Sicología. Bueno, había que seguir buscando.

Cuando llegó a su cuarto destino vio un aviso alentador en la puerta del inmueble, que anunciaba la venta de todos los enceres de la casa, y también ésta estaba en venta. Parecía que era otra oportunidad, pero habría que ver si había suerte.

Para atenderlo salió una señora mayor muy amable, que muy confiadamente lo hizo entrar hasta el garaje donde estaba el carro. Estaba ataviada con ropa de entrecasa y se notaba que estaba retirada de toda labor en algún centro de trabajo y que desde hacía un tiempo se dedicaba exclusivamente a cuidar su propio hogar. Estaba sola solamente con la empleada que la estaba apoyando.

Sacó un papel para leerle la información del vehículo. Se puso lentamente sus lentes y con voz pausada le informó:

"*Toyota Corona del 72. Uso solamente doméstico. Muy bien cuidado. Precio: dos mil ochocientos. Papeles en regla.*" Y continuó leyendo, "*Ultimo precio, dos mil quinientos.*"

Melecio no pudo sino enternecerse por cómo había actuado la señora, quien continuó brindando información, esta vez no tan relacionada a la venta:

"*Es que mi yerno ha conseguido un trabajo en Estados Unidos, porque él sabe muy bien el inglés. Y ya se ha ido hace unos meses, y ya consiguió una casa. Ayer se ha ido mi hija con sus hijos para dejarlos, pero regresa el fin de semana para terminar de vender las cosas. Y todos nos vamos a ir a vivir allá.*"

Esto último lo dijo con un tono de pena tan emotivo y con tanto sentimiento, que se le pusieron los ojitos colorados y la voz se le quebró un poco. A Melecio también se le humedecieron los ojos y se le hizo un nudo en la garganta. La señora continuó:

"*El carro era de mi hija. Yo no quisiera irme, pero como dicen, por mi mejoría mi casa dejaría.*"

Pero bueno, él venía a otra cosa, así que tenía que revisar el carro y dejar de ser sentimental.

La revisión del chasis indicaba que efectivamente había sido manejado por una dama. Estaba prácticamente intacto, excepto por unos raspones que luego de quince años son inevitables. No había tenido choques, la lata se veía entera cuando la miró desde abajo del carro. El kilometraje sería sorprendente si no fuera porque solo era la confirmación de la primera deducción que había hecho, ¡solo ciento cincuenta mil kilómetros en quince años!, ¡diez mil kilómetros anuales! El uso había sido muy limitado, y seguramente que exclusivamente había rodado sobre pista. Las llantas estaban en buen estado, y es que deducía que apenas se gastaban y aunque todavía tuvieran un poquito de cocada, y cualquiera diría que podían seguir usándolas un tiempo más, eran cambiadas por nuevas porque en el vehículo viajaban la esposa y sus hijos, y no se iban a permitir el menor riesgo.

Al encender el motor, hubo un ligerísimo humeo, y aunque también se escuchaba un ronquido, su diagnóstico fue que efectivamente, había un desgaste moderado, y que seguramente se necesitaría un cambio de anillos en el motor dentro de unos meses o tal vez un año, pero no había nada grave. Además, no todo el valor del auto está el motor, sino que un chasis bien conservado también es de lo más importante.

Melecio dio su conformidad y quedaron en el precio. La señora sacó un papel que era el contrato, y que ya estaba firmado, faltando solo el nombre del comprador. Le pidió que lo llenara con los datos necesarios para poder completar la operación. Entonces Melecio le dijo que le permitiera ir al banco para sacar la plata y hacerle el pago.

"¡Ah, bueno, hijito! Entonces llévame al mercado porque tengo que hacer unas compras y de ahí vamos a tu banco, y luego me acompañas para depositar el dinero en mi cuenta."

"Bueno pues señora, vamos, como que probamos el carrito." Contestó, un poco desconcertado por la inocencia de la señora.

Así lo hicieron y luego fueron al notario para completar la operación que quedaría finiquitada cuando volviera la hija y su esposo para firmar los documentos de transferencia.

Pero a partir de ese momento, ya Melecio era propietario del vehículo y con el consentimiento de la señora, se llevó el auto. Efectivamente, se sentía como una buena máquina, la amortiguación adecuada, frenos, luces. Si había hecho una buena compra, no una ganga, pero si lo justo y un poco más.

Los primeros meses fueron excelentes. Solo necesitaba completar el aceite cada tres o cuatro meses, y únicamente había tenido que hacer un afinamiento desde que lo compró. El mecánico que le había hecho el trabajo no pudo menos que decirle: *"¡Que buena máquina has comprado, Melecio!"*. Porque realmente lo era.

Pero carro usado es carro usado. Con el transcurso de los meses, cada vez botaba más humo oscuro por el escape y eso indicaba que se acercaba el momento del cambio de anillos, lo que significaría un gasto considerable comparado con lo que había costado el auto. Pero luego de ello, quedaría realmente como nuevo. Aun así, el precio que había pagado por el vehículo, era muy bueno, buenísimo.

Sin embargo, otras cosas pasarían en el intertanto.

En una oportunidad se fue a ver a pasear con una amiga fuera de la ciudad, para almorzar en un restaurante en las afueras de la ciudad. Todo iba de lo mejor hasta que llegaron, estacionaron, y fueron a disfrutar del menú. Unos traguitos no afectan la razón, y además, Melecio era muy responsable, así que sabía que luego de tomarlos tenía que descansar un par de horas para que le pase el efecto que le pudiera haber hecho el licor. Mientras tanto, se fueron al recreo del restaurante para usar los juegos de salón. Pero el tiempo pasaba y ya empezaba a oscurecer así que decidieron irse.

Pero, el auto no arrancaba. La batería estaba en cero, no tenía carga a pesar que él se tomaba la molestia de hacerle mantenimiento periódico, cosa que casi nadie hace.

Melecio se quitó la chompa, se remangó la camisa y empezó a revisar. Miraba las conexiones eléctricas, limpiaba los bornes de la batería, y finalmente llegó a la conclusión que la batería había perdido carga, porque no le llegaba energía eléctrica. No era nada urgente, solo tendría que recurrir a la técnica de arrancar el carro empujándolo. Si hubiera estado solo, no hubiera habido ningún problema, pero estando presente su amiga, a la que había llevado en su vehículo como una demostración de poder, y en la que estaba bastante interesado, lo hizo sentirse un poco avergonzado. Él, que pensaba lucirse, y ahora había quedado desairado. Ahora, que estar con ella, es decir, habiendo dos personas, le permitiría que el empujara el carro mientras que su amiga haría la maniobra desde adentro para que encienda el motor. El problema era que ella no sabía manejar.

La hizo sentarse en el asiento del piloto, y con mucha calma le dio una primera explicación de lo que tenía que hacer. Lo repitió por segunda vez y luego le hizo un cuestionario de comprobación. Finalmente, repitió una vez más las instrucciones: dejar la llave de contacto con el circuito eléctrico cerrado, esperar que él empujara y el auto adquiriera velocidad, embragar, enganchar segunda y soltar el embrague apretando ligeramente el acelerador. Nada más. Era muy simple. Claro, para él era muy simple.

Entonces, se fue a la parte posterior del vehículo y comenzó a empujar, primero con un bufido hasta que rompió la inercia, y luego tratando de darle velocidad. Cuando estimó que tenía la viada correcta, y en vista que su amiga no reaccionaba y ni actuada según las instrucciones, empezó a gritar, pero profiriendo un sonido medio extraño porque entre la corrida, el esfuerzo y el cansancio, no podía vocalizar bien:

"¡*Ya!*, ¡*ya!*, ¡*ya!*, ¡*ya!*"

Pero el carro seguía en carrera. Afortunadamente Melecio se dio cuenta que se acababa la vía libre y se iba a producir una colisión con otro carro, así que se prendió del parachoques posterior para frenar al auto, al mismo estilo de los Picapiedra, y aunque se resbaló un par de veces, consiguió su objetivo, pero con las justas.

Trató de recuperar el aliento, inclinado y con las manos apoyadas sobre las rodillas con una respiración agitada, hasta que poco a poco fue volviendo a la normalidad. Se aflojó la camisa y se acercó donde su amiga para preguntarle por qué no había enganchado el carro para que arranque, según le había explicado.

"Es que me puse nerviosa y me olvidé."

Ante esos sólidos argumentos no había mucho que decir. Solo le quedaba recuperar totalmente la respiración, que le bajaran las pulsaciones y volverle a explicar. Esta vez le pidió que bajara del carro para poder hacer una demostración práctica de lo que tenía que hacer. Luego empujó el carro poco a poco de regreso para colocarlo en el lugar donde estaba originalmente, y en posición para un nuevo intento con suficiente pista despejada.

Respiro profundo un par de veces, y nuevamente empezó a empujar. Poco a poco el vehículo empezó a moverse y a acelerarse, mientras Melecio hacía una especie de concentración Zen para no flaquear en el esfuerzo. Nuevamente estimó que la velocidad era la adecuada, y nuevamente la chica no actuaba, y nuevamente empezó a gritar:

"¡Ya!, ¡ya!, ¡ya!, ¡ya!"

Esta vez sí enganchó la palanca de cambios en segunda, y el motor empezó a sonar, y luego el auto empezó a saltar como un caballo chúcaro. Eso incentivó a Melecio a sacar fuerzas de flaquezas y a hacer un esfuerzo adicional. Pero no arrancaba, y su capacidad física llegó al límite, así que paró de empujar, gritándole:

"¡Frena!, ¡frena!, ¡frena!"

Y frenó.

Melecio apoyó la espalda en la puerta de carro, absolutamente exhausto, y a punto de desparramarse. Sudaba por todos lados, y respiraba a bocanadas. Estuvo así por unos segundos hasta que fue recuperando la capacidad de moverse y se acercó donde su amiga. Revisó cuidadosamente para determinar que pudo haber pasado, y llegó a la tragicómica verdad: ¡No había cerrado el contacto! ¡Sólo hubiera tenido que girar la llave y dejarla ahí! ¡Nada más! Casi se pone a llorar porque ya no daba más, y tendría que descansar un buen rato para recobrarse y estar en capacidad de repetir el ritual.

En eso, levantó la mirada y vio que tenía un sonriente público, testigo de la situación que para otros podía ser muy cómica pero no para él. Eran los mozos, el portero y el vigilante del restaurante parados en la puerta, seguramente comentando jocosamente el suceso, porque se hablaban y se reían sin dejar de mirarlos. Pero parece que se habían dado cuenta que la función no se podría repetir por agotamiento del protagonista, así que se acercaron con cara de chistosos para ofrecerle ayuda. En esta situación de emergencia no cabía poses de dignidad y menos de soberbia. La ayuda se aceptaba venga de quien venga, así que puso cara amistosa, se subió al asiento del chofer y cuando los muchachones le dieron el impulso necesario, cerró contacto, enganchó segunda, soltó el embrague, y luego de un par de saltos, arrancó el bólido, botando ruidosamente una bocanada de humo negro, pero resucitando de su estado catatónico. Melecio sacó la mano por la ventana haciendo unas señales de agradecimiento, y luego aceleró de regreso a la ciudad.

Después de pasar por el mecánico, todo volvió a la normalidad, retornó la fe en el vehículo, y semanas después todo estaba olvidado.

En otra ocasión estaba circulando por una transitada avenida, de esas en las que la señal de tránsito dice que la velocidad máxima debe ser sesenta kilómetros por hora, pero sólo se puede llegar con suerte a veinte. Para colmo, la temperatura ambiental estaba bastante alta y a consecuencia de ella los conductores de vehículos tenían poca paciencia y alto grado de irritabilidad.

Por eso, lo peor que podía pasarle a Melecio, le pasó. Se le apagó el motor al carro, y se quedó plantado, provocando que la columna de autos que estaban detrás de él se detuviera y empezara un concierto de bocinazos para tratar de obligarlo a que se mueva. Los carros que venían por detrás trataban de salirse de la línea, cruzándose hacia los otros senderos retrasando el avance de los otros, y creando más malestar.

Melecio hizo un par de intentos de arranque, pero nada. Había batería, pero no encendía el motor. Se tuvo que bajar apresurado, pero cuidando que no le raspen la puerta, para abrir el capó y hacer una inspección rápida, con la esperanza de dar con la falla. Sin embargo, el cuadro de la tragedia que se mostraba no inspiraba piedad ni misericordia de los conductores, que le gritaban de todo:

"¡Quema esa chatarra!" "¡Regrésala al basurero!" "¡Cómprate un carro de verdad!"

A lo que el atinó a responder: *"¿¿Qué puedo hacer?, si no prende!"*

"¡Préndelo con fósforo!" Fue la respuesta entre agresiva y sarcástica que recibió, seguramente de alguien que tenía una paz interna mayor que la mayoría y con la capacidad de ver las cosas con un poco de humor. Claro, para burlarse del infortunio de otros, pero no tenía nada de excepcional ¡así son todos los programas cómicos y los humoristas!

Melecio decidió que tenía que concentrarse en el análisis del motor y hacer oídos sordos a cualquier interferencia externa, y de ese modo podría encontrar la causa y tal vez solucionar el problema. El éxito fue a medias, porque pudo determinar que no llegaba gasolina al carburador, porque la bomba estaba fallando, y eso no se podía reparar en ese momento, era cosa de mecánicos. Entonces, resignado, cerró el capó, fue hacia el lado de la puerta del chofer, quitó el freno de mano y desenganchó, luego puso el hombro y a empujar se ha dicho, para sacar el carro del lugar. La posición que tenía que adoptar para conseguir hacer más eficiente su esfuerzo era bastante curiosa. Si la viera un artista plástico moderno seguramente podría hacer un óleo al que llamaría "El Cristo moderno en el Gólgota esperando a algún Simón que lo ayude", y es que si uno se pone a pensar, no deja de haber cierto parecido, al menos visual. Además, esto se hace más cierto si se piensa en que el automovilista actual tiene que sufrir una verdadera pasión cuando transita por las congestionadas calles.

Llamar a una grúa sería imposible en esos momentos, pues no había forma en que ésta llegara hasta donde estaba, y por otro lado, no tenía el número telefónico de alguna porque nunca se imaginó que pasaría por ese trance. Sin embargo, por fortuna pasaba cerca un grupo de estudiantes universitarios, siempre solidarios con los débiles, que al verlo en semejante calvario se le acercaron para poner el hombro y poco a poco lo sacaron del lugar hasta una estación de servicios. Lo que le quedó a Melecio fue invitarle a cada uno una gaseosa y darles efusivas gracias por su sensibilidad. Y luego, tratar de ubicar al mecánico para las reparaciones que correspondían.

Lamentablemente el carro no tenía seguro, y no solo porque Melecio no acostumbraba a adquirir el servicio, sino porque por la antigüedad del vehículo ya no había compañía de seguros que se hiciera del problema. Pero esa situación más bien era favorable para incentivar el cerebro y la inventiva para solucionar problemas, como cuando estaba cruzando una bocacalle con todas las de la Ley, y un taxista apurado que iba por el carril izquierdo, dobló hacia la derecha y lo cerró, dándole un severo raspón en el guardafangos, jalando el parachoques pero sin romperlo, pero felizmente no reventó el faro. En cambio, el Volkswagen del taxista quedó en la miseria, con la puerta hundida, lunas reventadas y hasta el asiento del copiloto movido.

¿Qué hacer en este caso? Si hubiera tenido seguro, tendría que haber evaluado cuánto costaría la reparación en un taller afiliado, cuanto sería la franquicia, y mentalmente calcular también cuanto le costaría la reparación en su taller de barrio. Miró el daño e hizo un cálculo muy rápido, miró el carro del taxista y la terrible forma en que se había deformado su herramienta de trabajo. Pero lo más importante, le miró la cara al taxista y le vio tal cara desencajada y a punto de entrar en shock, que lo que atinó a hacer fue subirse a su auto, encender el motor y al ver que andaba, decirle:

"Anda, nomás. Cada uno arregla su carro. Para que la próxima vez tengas más cuidado."

Y se fue. En este caso, presumió que no le podría sacar ni un centavo al taxista, valorizó el tiempo que le tomaría reclamar, ir a la comisaría, dosaje etílico, para que probablemente este capítulo termine en lo mismo, o sea sin recibir nada. Decidió que lo más económico y conveniente era asumir el daño.

¿Cuántas otras aventuras podrá tener Melecio con su nuevo auto viejo? Seguramente incontables. Es probable que sea baladí seguir narrándolas, porque aquel que ha tenido un auto usado, que seguramente ha sido la mayoría de nosotros, debe haber tenido una y más, con las que podría posiblemente completar una enciclopedia con varios tomos. ¿Quién vive más? ¿Aquel con un carro nuevo que se sume en la monotonía de que nunca falla? ¿O aquel con un carro usadito que se sabe que en cualquier momento le hará disfrutar o sufrir alguna aventura nueva, una anécdota para contársela a sus hijos y nietos?

Piense entonces, antes de comprar su siguiente auto.

El adiós

Homero estaba firmemente asido a los manubrios de la bicicleta, con toda la adrenalina que le producía saber que sería la primera vez que montaría solo, sin que lo sujetaran. Su padre, Benedicto, ya se lo había adelantado luego de las prácticas que habían realizado durante los últimos fines de semana, y algunas tardes en que pudo salir temprano de la oficina. Con la vista concentrada en el horizonte, y a la espera de que la vereda del parque se despeje de transeúntes, llegó la oportunidad de comenzar a rodar. Su padre lo sujetaba por el asiento del vehículo, mientras trotaba a su costado. Sin que Homero se diera cuenta, su padre lo soltó sin dejar de acompañarlo a paso ligero. La incertidumbre de lo que pasaba, y el recuerdo de la promesa de su padre, hicieron que el niño se lo preguntara.

– ¿Me soltaste?

–Sí, hijo, ya estas manejando solo. No te desconcentres.

Avanzó unos metros más y se cayó, no aparatosamente, pero se cayó. Su padre se acercó para ayudarlo, hacer un control de daños y proponerle un nuevo intento. Cada caída le dolía en las rodillas y en los codos a Homero; y en el alma a Benedicto, que sin embargo, mantenía una sonrisa, y sobre todo, la calma. El buen humor era un factor importante, para no transmitirle ondas negativas a su hijo, y así alentarlo a superar los contratiempos, volviendo a la carga. El chico, por otro lado, no se quedaba atrás. Ni bien se caía, se levantaba con algunos gestos de dolor y de molestia, mirando a su padre. Pero se armaba de valor para volver a intentarlo una vez más.

Las matemáticas siempre habían sido el dolor de cabeza de Homero, casi su némesis, y la libreta de notas se encargaba de informar a sus padres esa dificultad. Por un lado, el profesor era un tanto aburrido, y por otro, él había decidido que esa materia no tendría ninguna utilidad práctica en su futuro, así que no ponía mucho esfuerzo en dominarla. Ya estaba cansado de las reflexiones y los soliloquios de su padre al respecto. Lo único que éste conseguía cuando empezaba una nueva sesión de ese 'lavado de cerebro' para cambiarle sus convicciones sobre la necesidad de dominar la materia, era que el chico se pusiera de mal humor. Con la idea de que su hijo tenía superar el problema de las bajas notas en matemáticas, por ser un curso básico en el desarrollo futuro de cualquier especialidad en la universidad, Benedicto fungía de profesor. Sin ser un experto en este curso escolar debido fundamentalmente al cambio de la estructura académica desde que él mismo lo padeció en su época escolar, tenía suficiente conocimiento de matemáticas de primer año de secundaria, como para poder auxiliar a su hijo. Aun cuando la relación padre e hijo, en general, era muy buena, en estos episodios en los que el padre se convertía en maestro, la situación cambiaba radicalmente. Benedicto hacía su mejor esfuerzo, y con mucha paciencia y detalle, trataba de explicarle los secretos de los polinomios y sus propiedades. Mientras tanto, Homero hacía su mejor esfuerzo por no concentrarse en el asunto, y este relajamiento obligaba a la segunda, tercera, y hasta cuarta repetición de la explicación, sin que se llegara a una feliz conclusión. En algunas ocasiones, Benedicto perdía la paciencia, empezaba a gritar, se desesperaba y golpeaba la mesa, para luego retirarse de la habitación vociferando. Incluso, en más de una oportunidad, llegó a darle un 'cocacho' a su hijo.

Tal vez su método de enseñanza no era el mejor, y del mismo modo, el típico engreimiento de un hijo con su padre impedía que sus enseñanzas fueran aprovechadas. Benedicto ya había intercambiado experiencias con otros padres de familia, y el denominador común era una intolerancia de los hijos a los padres, con respecto al tema de las matemáticas. Algunos profesores opinaban que los padres no debían intervenir haciendo las veces de maestros, sino dejar que sus hijos reciban las notas desaprobatorias, para luego, aplicarles una sanción. La razón era que de esa forma, se lograría una reacción positiva en los chicos, para que por su propia decisión, se esfuercen más. Como dice el viejo dicho, "ayúdate que te ayudaré", que tiene muchísimo de verdad porque no se puede ayudar a quien no se esfuerza por sí mismo a solucionar el problema, y pide ayuda. Si, y pide ayuda, porque si no la pide entonces es mejor intentar hacerlo.

Cuando Homero cursaba el quinto de secundaria, el colegio organizó, como todos los años, la celebración del Día del Padre. Sería la última función en la que él intervendría para ofrecerle a Benedicto su actuación de despedida. Se había preparado, por consiguiente, con mucho ahínco para que saliera una presentación inolvidable, en la que pondría de manifiesto a su padre el amor, cariño y aprecio que le profesaba. Claro está, sin decírselo en palabras, porque en este tema el lenguaje entre ellos era puramente gestual, sin muestra alguna de emociones exageradas. Ellos eran hombres, hechos y derechos, y no se estilaba ni se estila que, entre hombres, se demuestren ese tipo de sentimientos. Al menos esa es la cultura de la sociedad en la que se habían desarrollado sus vidas, sin querer decir que esto sea positivo o negativo.

Desafortunadamente, Benedicto no pudo asistir debido a complicaciones en su oficina. Este hecho creó un resentimiento, momentáneo claro está, que se fue solucionando con el paso de los días. Cuando a la hora de la cena se encontró con su padre, debido a la amargura que sentía internamente, y también influenciado por la emotividad de su adolescencia, no pudo evitar adoptar una posición un poco dura e incomprensiva.

–Papá, no te vi en la actuación. Total, todo lo que ensayé fue para otros.

–Sí, hijo, discúlpame. Lo que pasa es que tuve un contratiempo en la oficina, y a pesar de que tenía toda la intensión de asistir, no me dio el tiempo. Me dijeron que estuvo muy bonita la presentación, será para la próxima.

— ¡No volveré a actuar si tú no eres capaz de manejar tus asuntos! No vale la pena, es una pérdida de tiempo.

El intercambio de frases se fue encendiendo y subiendo en intensidad, hasta que Benedicto cortó la confrontación.

—¡Basta! ¡No te permito que me faltes el respeto! ¡No seas intolerante!

Después de pronunciar esas palabras, Benedicto se dio cuenta que quizá, era él quien tenía respuestas poco tolerantes con su hijo. Entonces, cambió el tono de su voz, y pronunció palabras conciliadoras, desviando el tema y finalizándolo con algunos chistes. El mejor argumento de Benedicto era que había estado presente en las demás ceremonias de su hijo, durante toda su época escolar. Y como si la vida quisiera contribuir en solucionar el problema que todavía no había terminado de cicatrizar entre padre e hijo, afortunadamente hubo una última oportunidad que fue la ceremonia de la graduación, a la que por supuesto Benedicto asistió, y en la que por instantes, pudieron cruzar miradas. El padre, desde su asiento, y Homero, desde el grupo de egresados. En esos microsegundos que duraba la coincidencia visual, también se entrecruzaban el amor, el cariño, el orgullo paterno, el agradecimiento del hijo y la felicidad mutua.

La hermosa correspondencia continuaría al año siguiente, cuando Homero ingresó a la universidad, y se marcó un hito en la relación con su padre, pues en adición al reclamo de independencia de la etapa de la adolescencia, ahora venía la separación física efectiva. Pues claro, es diferente la asistencia al colegio con horarios fijos, que en esta nueva etapa en las que la aleatoria distribución de los horarios obliga incluso que quedarse en el campus para evitar excesivos desplazamientos hacia su hogar. Valgan verdades, Homero ya se venía desplazando por la ciudad solo, sin necesidad de que su padre lo llevara en el auto, pero todavía en forma muy limitada. Ahora habría un cambio sustancial. Era imposible, entonces, que el control paterno supiera adónde iba y con quién se reunía. Solo quedaba confiar en él, en su propio criterio para tomar buenas decisiones, y en los valores que siempre se le habían inculcado.

Terminada la carrera universitaria, Homero se inició en la etapa laboral, que permite empezar a ganarse la vida, consolidar la independencia, pero también contribuir con la economía familiar, preparándose para dejar finalmente el nido y lograr la independencia total. Pero al inicio de este proceso, con uno de sus primeros sueldos, invitó a su padre a almorzar a una cevichería. En esa oportunidad, comieron unos pescaditos al ajo, porque eran la debilidad de ambos.

—Ya era hora de que pudiera beber de tu sangre —comentó Benedicto a su hijo, riendo.

—Sí, pero no te acostumbres, que tú eres y seguirás siendo mi papá. Y como yo soy tu hijito, todavía no guardes la billetera —respondió Homero, entre las carcajadas de ambos.

Todos esos recuerdos se aglomeraban, y pasaban instantáneamente por la mente de Homero, ahora que tenía que tomar una decisión crucial. Una decisión de vida. Conforme fue creciendo como ser humano, tuvo que acostumbrarse a tomar ese tipo de decisiones, con la certeza de que cada una de ellas traería una consecuencia, sin la posibilidad de volver atrás. En la vida, es imposible desandar un camino, o regresar al crucero donde se tomó determinada decisión, para optar por otra senda. Pero eso es, justamente, lo que le da colorido a la existencia, ya que cada acto tiene su propia consecuencia. Así fue cuando decidió estudiar una profesión y no otra. También cuando decidió casarse con su actual esposa, y en medio de las inevitables peleas conyugales, optó por continuar con su matrimonio en lugar de divorciarse. Cuando decidió renunciar a su trabajo por no estar de acuerdo con la línea de conducta que seguían, y cuando decidió decirle que no a una aventura extraconyugal. Así, sucesivamente, Homero se demostró a sí mismo que no era pasivo ni indiferente. Era un hombre que asumía sus responsabilidades y que tomaba decisiones llevando el curso de su vida por donde su criterio le decía que era lo más conveniente. ¿Se equivocaba? Eso nunca lo sabría, así como nadie sabe nunca si la decisión que toma en su vida es la mejor o el resultado final de ella, porque cuando el agua del rio pasa, no vuelve jamás. Pero ahora, que tenía al frente una decisión de vida o muerte, no podía evadirse. Y justamente por ello, sus recuerdos le seguían viniendo a la cabeza.

Con los años, Benedicto se había convertido en una especie de asesor de Homero. Su experiencia en relaciones humanas y laborales, le daba el conocimiento necesario para ser un libro de consulta para su hijo. Mientras Homero estaba soltero y vivía en la casa paterna, todos los días se sentaban a la mesa, y además de compartir los alimentos, también comentaban sus experiencias del día a día. Cada uno contaba las propias y opinaba sobre las del otro. En los casos en que Homero mencionaba algún conflicto, o temas de decisiones, Benedicto aplicaba todo su criterio para plantear opciones, de modo que su hijo tuviera la oportunidad de revisar y decidir qué hacer. También conversaban de todo tipo de temas, hasta de los amigos, amigas y enamoradas del muchacho. Asimismo, de lo que le convenía y de lo que no le convenía, tanto en temas materiales, como espirituales. Conversaban hasta de lo que se debía y no se debía esperar de una mujer. Así era el grado de confianza que existía entre ellos.

Varios años después, cuando Homero ya estaba casado y contaba con su propia familia, se mudó a otro distrito. No era ni tan cercano ni tan lejano de donde vivía anteriormente con Benedicto, pero esta situación los había alejado físicamente. Ahora Homero tenía que ocuparse preferentemente de los suyos, porque así es la ley de la vida. Solo eventualmente se comunicaba con su padre, y sus visitas eran también esporádicas. Y con el tiempo se iban espaciando debido a que requería invertir más tiempo en su propia familia. Pero cuando podía regresar al seno paterno, iba con toda su familia, y no había una sola reunión en que no se recordaran anécdotas que los remontaran a momentos de felicidad por momentos compartidos. Estas regresiones se hacían presentes y tan tangibles como si las estuvieran viviendo en ese mismo instante. Además, ya había un agregado adicional a su alegría: Ítalo, el nieto que venía a completar el círculo de la existencia. Ese ciclo que se repite una y otra vez. El niño que hacía hombre a su padre, y convertía nuevamente en niño a su abuelo.

Justamente, por esos días, y con la edad ya suficiente, Ítalo estaba aprendiendo a montar bicicleta, así que los tres se fueron al parque, que Homero recordaba muy bien, para hacer unas prácticas. Solo el hecho de estar presentes en aquel lugar, hizo que las mentes de Benedicto y Homero retrocedieran unos cuarenta años. En el momento en que Ítalo subió a la bicicleta, era como si ocurriera una transmutación, ya que cada padre se transformaba mentalmente en su hijo. Cada pedaleo, cada gesto, cada caída, cada risa, cada carrera al trote junto a la bicicleta, y cada parada para dar indicaciones y poder descansar. Si hubiera alguna máquina del tiempo que permitiera que se vieran las dos escenas a la vez, podrían apreciarse detalles tan iguales, que sería difícil saber qué escena pertenecía a cada época.

La etapa del padre maestro también se repetía inexorablemente. Y aunque Homero se había prometido a sí mismo no caer en la desesperación con Ítalo, en ocasiones no podía evitarlo, y en esos instantes, recordaba los malos ratos que le había hecho pasar a su padre. Entonces, se arrepentía de no haber actuado con mayor madurez, porque ahora entendía que Benedicto estaba haciendo su mejor esfuerzo por ayudarlo. Cuando eso sucedía, no podía evitar recordar una frase que siempre le repetía su padre: "El infierno no existe, todo lo malo que uno hace se paga en la Tierra. Las malas acciones se convierten en una especie de efluvios, que se quedan vagando en el éter, hasta que un día regresan a ti". Una frase un poco exagerada para las faltas veniales que había cometido, pero que en realidad, se cumplía según había observado con el transcurrir de los años, en las vidas de amigos y conocidos.

Diez años después, cuando Ítalo terminó el colegio, empezó a prepararse para la ceremonia de graduación, fiesta y viaje de la promoción. Todas las familias asistirían para acompañar a los jóvenes a esta significativa reunión, pero en dicha ocasión, aunque como era su costumbre tenía programado asistir al evento, Benedicto no pudo estar presente por problemas de salud. Su cuerpo fuerte, pero añoso, ya estaba dando muestras de deterioro. Eso ya se venía notando desde hacía algunos años, siguiendo la evolución natural de los seres vivientes. Pero nunca había sido nada preocupante, a diferencia de esa vez, en la que tuvo que quedarse internado en el hospital para chequeos integrales, debido a síntomas no deseados que se habían revelado durante una crisis.

La graduación de Ítalo, entonces, marcaba dos hitos importantes en la familia: el comienzo de su vida adulta, y la declinación de la salud de su abuelo. A partir de esa ocasión, el deterioro se empezó a hacer cada vez más evidente. Había crisis profundas y luego recuperaciones, pero que no lo llevaban al mismo nivel de salud que tenía con anterioridad. Si lo viéramos en una gráfica, parecería el cuadro de ventas de esas empresas que van perdiendo clientes en el día a día. Curiosidades del destino que ambas situaciones hayan comenzado juntas: el nacimiento de un hombre y el ocaso del otro.

A Homero le llamó mucho la atención que su padre no estuviera en la ceremonia a pesar de que lo habían coordinado hasta el mismo día anterior. Una llamada de un amigo lo hizo enterarse del imprevisto problema de salud que le había sobrevenido de su padre, ¡cómo es el destino, durante la graduación de su hijo!, y entonces tuvo que suspender su presencia en la ceremonia. Rápidamente fue en su busca y al encontrarlo en la cama de una habitación del nosocomio, vio con cierto alivio que estaba tratando de convencer al médico de que lo dejara salir, por nada del mundo quería quedarse hospitalizado. En realidad, el asunto era serio, y Benedicto realmente tuvo suerte al momento de la crisis al pedir ayuda a los vecinos, quienes pudieron apoyarlo llamando a la ambulancia para que atienden a la emergencia. Pero quedarse en el hospital era como admitir que su resistencia física se estaba terminando, y por el contrario, el poder irse a su casa era para Benedicto una demostración para sí mismo que aún conservaba su poderío, aunque solo fuera solamente una parte de él.

Dentro del hospital, sus signos vitales estaban demasiado alterados, y gracias a Dios y a su fortaleza física, no hubo un desenlace fatal. Había ingresado por la sala de emergencias, y cuando ya estaba en el tópico, empezó a reaccionar. El médico, con mucha seriedad, le había indicado que no podía darle de alta hasta que presentara suficiente mejoría, pero viendo la ansiedad del hombre por salir, y en consideración a que a su edad, los hombres a veces se encaprichan con algún tema, procuró tratarlo con mucho tino. Entonces, lo calmó prometiéndole que lo pasarían a un cuarto de otro piso para observarlo, y que si todo salía bien, y los resultados de los análisis le eran favorables, podría irse a la brevedad.

—No te preocupes, todo está bien. Solo estoy esperando unos resultados y me voy —dijo Benedicto, al ver la cara de preocupación de su hijo.

—Pero papá, ¿para qué tienes el celular? Si te sentías mal, debiste llamarme. Ha podido pasarte cualquier cosa —resondró Homero a su padre.

—Pero no pasó, hijo —respondió en seco Benedicto, y recordando la vez que por motivos laborales faltó a su actuación, agregó —. Tú tenías que asistir a la graduación de tu hijo. Eso es muy importante, más importante de lo que crees. Estoy cansado y quiero irme a mi casa. El doctor me dijo que en cuanto tuvieran los resultados me iba.

Entonces, otro doctor interrumpió a Benedicto, para aclararle que eso no iba a ser posible. Tendría que quedarse uno, o quizá dos días más en observación.

—Disculpe, pero el doctor de la sala de emergencias me lo prometió, y me dio su palabra.

—Ese tipo no tiene palabra, ¡usted se queda! —respondió ese otro doctor, experimentado en esa clase de situaciones y haciendo un poco de humor.

Pasaron los años, e Ítalo terminó su carrera universitaria. Empezó a buscar un lugar en el mercado laboral, tal y como lo había hecho su padre.

Pareciera que al destino le gustara dejar marcas indelebles en cada etapa de esta familia, porque por esos días, Benedicto no contestaba las llamadas que su hijo le hacía normalmente una o dos veces al día, y a veces más, cuando el tiempo se lo permitía. Así que, con mucha preocupación, fue a buscarlo a su casa. Al no encontrarlo, empezó a indagar entre los vecinos. Una señora lo había visto salir hacía varias horas, pero no sabía hacia dónde se había dirigido. Una terrible sensación de pánico embargó a Homero, y lo hizo salir disparado en dirección a los sitios que normalmente recorría su padre. Buscó en la plazuela cercana, el parque y las tiendas aledañas, pero Benedicto no estaba por ningún lado. Ya desesperado, mientras pasaba raudamente frente a un banco, mirando a todos lados para encontrar a su papá, un vigilante se acercó para informarle de su paradero.

–Señor, un viejito pasó por aquí en la mañana, pero al tratar de subir a la vereda se cayó, y se golpeó muy fuerte. Parece que se fracturó algo. Llamamos a la ambulancia y se lo llevaron al hospital que queda aquí cerca.

–¡Muchas gracias! No sabe cuánto le agradezco esa información –respondió Homero, mientras empezaba a correr en dirección al hospital.

Efectivamente, lo encontró en la sala de emergencias del nosocomio. Se le había salido la articulación del hombro derecho y roto la clavícula del mismo lado, pero ya le habían dado un tratamiento y lo habían enyesado. Ahora, solo faltaba que le tomen unas placas de rayos X, para determinar si había alguna lesión en el cráneo.

–¡Se acabó! Ahora si te vienes a vivir conmigo, papá, aunque tenga que llevarte a la fuerza.

–¡De ninguna manera! ¡Yo no soy un muñeco que se lleva de un lado para el otro! Yo soy tu padre, y de aquí me voy a mi casa ¡Mi casa! ¡¿Entendiste?! –profirió su padre, indignado con la situación.

La discusión siguió de largo, pero con mucho tino por parte de Homero, quien no quería enfurecer a su padre. Finalmente, transaron en que regresaría a su casa, pero contrataría el servicio de compañía de una enfermera durante el día, quien se encargaría de sacarlo a pasear, o acompañarlo a donde él quisiera.

Años después, continuando con la repetición del ciclo de la vida, Ítalo contraería matrimonio. A la ceremonia asistió toda la familia, incluyendo a Benedicto, apoyado en el brazo de su hijo. Sería una de las últimas alegrías que le daría la vida, que inexorablemente pasa y va dejando su huella en las personas. Prácticamente, ya no podía caminar y generalmente, estaba en una silla de ruedas. Para esa ocasión, Benedicto se había negado a pasar la vergüenza de no estar parado sobre sus propios pies, por lo que obligó el despliegue especial de su hijo y la enfermera. Por momentos, tenían que sentarlo en una silla que Homero había acercado estratégicamente, pero ni bien se sentía algo más descansado, Benedicto se incorporaba, y adoptaba una posición que lo hacía creer que se veía erguido ante los demás.

&..........................&

Siguió pasando el tiempo inexorable, insensible y hasta cruel, pero en esta ocasión, no hubo misericordia. El padre estaba dormido y no despertaba, y pese a que eso había ocurrido en algunas ocasiones, su condición de salubridad siempre había vuelto a la normalidad. No tardó en llegar una ambulancia que lo llevaría rápidamente al hospital, lugar ya bastante familiar para él. Allí, entró una vez más a la sala de cuidados intensivos, para una evaluación. Los enfermeros y auxiliares ya conocían la rutina para tratarlo. Placas de rayos X, muestras de sangre y orina, ecografías y mucha paciencia.

Ni en esta, ni en las oportunidades anteriores, se había encontrado alguna patología en especial. El corazón estaba bien para la edad del hombre, pero débil y desgastado. Uno de sus pulmones estaba totalmente bloqueado por la fibrosis, y el otro, mantenía la cuarta parte útil. El médico revisó la historia clínica, dio un vistazo a los nuevos resultados, y llamó a un lado al hijo para explicarle la situación. No había una enfermedad que tratar, sino que era un desgaste generalizado en todo el cuerpo. Los órganos internos ya no funcionaban como antes. Lo que tenían que hacer era simplemente esperar, para ver si el propio organismo reaccionaba y le regresaba la conciencia a su padre.

Esa noche el hijo se quedó a dormir en el hospital para acompañarlo. Por un lado, los recuerdos de épocas felices, e incluso de problemas y confrontaciones, se le venían a la mente para hacerlo sonreír o para pensar que tal vez debió actuar en forma diferente. Por el otro, la conciencia del estado de su padre, transformado por los años, de un ser un humano todopoderoso a un residuo humano incapaz de moverse, le partía el alma. No podía dejar de sentir una profunda pena, hasta derramar lágrimas internas y privadas. Por ratos, se quedaba dormido y luego despertaba. Cerca de las siete de la mañana, lo llamaron a la sala de emergencias. Un escalofrío le recorría el cuerpo, y un nudo en la garganta provocado por la extrema ansiedad le daba náuseas. Tenía el presentimiento, casi la certeza, de que la vida de su padre estaba llegando a su final.

–Como usted sabe, su padre tiene un pulmón inutilizado por la fibrosis, y del otro, le queda prácticamente la cuarta parte. Sus vías respiratorias están congestionadas y le impiden la respiración normal. Ya se le ha aspirado varias veces, pero no se logra una total recuperación, y al poco tiempo, la situación se repite. Como comprenderá, en esta situación, la respiración deficiente implica la inadecuada oxigenación de la sangre. El corazón está muy débil también por desgaste natural, no hay una patología que podamos tratar para lograr su recuperación. En el caso de su padre, que no tiene movilidad y aunque no requiere mayor irrigación sanguínea en el cuerpo, la combinación de lo que le he resumido tiene el mayor impacto en la irrigación del cerebro. Por eso su padre no se despierta.

–Doctor, dígame, y qué tratamiento sería el más adecuado para este caso. No tendría inconveniente en adquirir las medicinas que usted indique, o si es necesario, podemos trasladarlo a otro hospital. ¿Qué recomienda?

–Mire, si estuviera tratando a una persona más joven con este problema respiratorio, lo que haría sería indicar una traqueotomía, entubarlo para mejorar la respiración y consecuentemente, la oxigenación de la sangre, con la esperanza de que las otras afecciones mejoren por la propia reacción del cuerpo. Pero en este caso específico, por su edad, eso ya no va a ocurrir. Lo que usted tiene que decidir es si quiere prolongarle la vida unas horas o unos días más. En su condición, el desenlace es inevitable. Podemos forzar la realidad, que sabemos que es irreversible, o dejar que la naturaleza actúe. Debe decidir entre darle cantidad o calidad de vida.

Quedó petrificado, no esperaba una recomendación tan gentil, y al mismo tiempo, tan dura. Sentía una opresión en el pecho, y no pudo evitar quebrarse en llanto, estaba muy claro que ya era un proceso incontenible.

–Doctor, lo único que le pido, que le ruego, es que no sufra. Por favor.

–No se preocupe, don Ítalo, yo mismo cuidaré de su padre.

Ítalo se sentó en una banca y recordó cómo años atrás, su padre había regresado a casa destrozado por el dolor, para contarle que su abuelo acababa de dejar este mundo. En ese momento, había sentido mucha pena, pero no imaginó que tendría que revivir esa experiencia, nunca pensó que ahora le tocaría a él vivir lo que vivió su padre. Ahora, el tiempo tendría que hacer su trabajo.

El ciclo

Ser dueño de tu propio negocio es bueno. Ser tu propio jefe, decidir cuándo vas a trabajar y cuando no, si es que necesitas prolongar la jornada de trabajo una o varias horas más o si más bien la vas a recortar. A qué horas te levantas y a qué hora te acuestas. Cuando vas a tomar vacaciones y por qué tiempo. En nuestro país, un negocio de este tipo y que no tiene pierde es el de taxista. No es para volverse millonario, pero da para vivir.

Si eres soltero y no tienes obligaciones, mucho mejor, porque trabajas hasta conseguir el dinero que necesitas, y luego te puedes enfocar en otras actividades más libres si tienes la filosofía que lo importante que se debe hacer en este mundo es ¡vivir! Siendo un profesional del volante, si quieres, te puedes mudar con negocio y todo a otra ciudad e ir conociendo otras realidades hasta que encuentres la tierra prometida y por fin te afinques. Puedes vivir una vida errante sin ataduras.

Otra ventaja de este negocio es que no es para nada aburrido ni monótono. Cada día es diferente y no hay dos servicios de taxi iguales. Todo cambia: el clima, el precio de la gasolina, la densidad del tránsito, las rutas, los pasajeros, todo. Y si es el mismo pasajero por esas casualidades del destino o porque se ha vuelto un cliente habitual en consideración al buen servicio que se le ofrece, cambia su estado de ánimo, su conversación, su lugar de destino. No existe, no hay manera de repetir ni por aproximación lo que sucedió en un viaje anterior.

Cleyder, Cley para los amigos, había puesto su propio negocio hacía ya ocho años. Los tres primeros en una pujante cuidad del

Norte, y luego se mudó para la Capital del país con carro y todo en busca de mejores oportunidades de progreso, y también por temor a lo que estaba sucediendo últimamente su zona de trabajo. Es que la ciudad norteña se había vuelto una plaza peligrosa, habían aparecido maleantes que cobraban cupos a los taxistas para "darles protección", y su red cada vez crecía más sin que las autoridades pudieran o al menos se interesaran en resolver el problema. Esta situación se hizo intolerable para Cley cuando empezaron los asesinatos de colegas que se negaban a transar con los mafiosos. Las autoridades policiales estaban maniatadas por las propias leyes o al menos eso era lo que decían, y por el consabido sistema vicioso que consistía en que algunos malos policías pertenecían a las propias bandas de los asaltantes, de modo que tenían la posibilidad de dejar libres a los delincuentes, o eran los fiscales los que por amenaza o por complicidad no hacían un trabajo diligente por lo que finalmente llegaban a la conclusión de no había mérito para acusar, o por los mismos motivos no era infrecuente que algunos los jueces los dejaran en libertad.

No se daban cuenta que por el incumplimiento de su deber, por la inacción, por no rebelarse contra las malas costumbres de algunos de sus colegas y encontrar la manera de salir de ese statu quo, estaban destruyendo su propia sociedad.

Así que se vino a la metrópoli con carro y todo.

Alquiló un cuartito en una población satélite y de inmediato inició su negocio: compró un plano de la gran ciudad para familiarizarse con las principales calles y comenzó a dar servicio, sólo por la zona. Cuando le preguntaban por "una carrera" fuera de los distritos y poblados que empezaban a serle familiares, simplemente contestaba "*No voy.*": una actitud que frenaba su posibilidad de desarrollo, pero le daba tranquilidad para irse adaptando al medio. Lo bueno era que poco a poco iba ampliando su ámbito de influencia, lento pero seguro. También adquirió un teléfono celular, barato nomas, porque el que tenía estaba casi inservible, y él sabía que, brindando buen servicio, iba a conseguir clientes estables que estarían dispuestos a pagar más por servicios programados y de confianza. También, mandó imprimir tarjetitas de presentación para este fin, sencillitas nomás, pero con la inscripción "Servicio garantizado y de confianza", su nombre y el número del celular, elemento imprescindible para el marketing personal.

Y es que como taxista experimentado, sabía que poco a poco tenía que conocer el laberinto urbano a tal grado que sus pasajeros se sintieran sorprendidos cuando al pedirle un servicio hacia una calle con nombre desconocido, el supiera como llegar en el tiempo más corto y con seguridad.

Esta era su política: velocidad controlada, respeto de las normas de tránsito, los semáforos y señales, y a la policía. También contar con la documentación de su vehículo en regla. Sabía que cometer una infracción le podía costar perder en un instante lo ganado en varios días, y eso no era negocio desde ningún punto de vista.

De esta forma, evitaba paralizaciones de su servicio por alguna detención rutinaria para revisarle los documentos y permisos. Claro que nunca falta alguna infracción por un descuido, una desatención o simplemente porque el mal estado de algunas pistas obliga a hacer maniobras arriesgadas que a veces determinaban la intervención policial. Pero él sabía cómo manejar el tema. Y generalmente el amplio repertorio de argumentos que había desarrollado durante sus años de trabajo y el tratamiento interpersonal que era su punto fuerte no sólo con sus pasajeros, le permitían salir airoso en la mayoría de los casos. Alguna multa tuvo que pagar, sí, pero no se puede ganar de todas, todas.

No faltan las aventuras que ocurren dignas de ser recordadas, y que llenan al taxista de experiencias y anécdotas que al ser contadas a los siguientes pasajeros que le toca atender, se convierten en verdaderos entretenimientos tan amenos que constituyen motivos para ser considerado un transportista preferido y habitual, pues el servicio adquiere un valor agregado muy apreciado por el pasajero.

Hasta para eso era un experto Cley, para hipnotizar y fidelizar a sus clientes.

En una ocasión, lo detuvo una señora que a todas las luces mostraba que estaba con el trabajo de parto encima, y por supuesto el hizo el servicio a pesar del riesgo que esto implicaba. Un riesgo que posiblemente algún colega no hubiera aceptado y hubiera preferido simplemente no detenerse. Esta situación lo obligó a acelerar su auto para llegar al hospital oportunamente. Sin dejar de lado su manejo prudente para evitar algún accidente, tuvo que calcular y asumir riesgos. Uno de ellos fue cruzar demasiado rápidamente una avenida principal cuando la luz estaba ya cambiando de naranja a rojo, lo que fue advertido por un policía que inmediatamente lo persiguió en su motocicleta e interceptó ordenándole que se detenga.

En este caso no había mucho que discutir, fue su decisión y su responsabilidad pasarse la luz roja, de modo que cuando se acercó el agente, empezó a ensayar la mejor excusa, que era evidentemente la emergencia del alumbramiento. Sin embargo, durante el mea culpa, y ante los ojos de ambos, se inició la llegada al mundo del nuevo terrícola. Inmediatamente el policía, que tenía entrenamiento paramédico en estos acontecimientos, corrió hacia la puerta posterior del lado izquierdo, mientras que Cley quitaba el seguro desde adentro, y con el primero de ellos actuando diestramente como partero y el otro como ayudante, lograron que el niño, porque nació varón, viera la luz como si hubiera sido recibido en el mejor hospital del mundo.

Luego, el policía subió a su moto, y dando las respectivas indicaciones, encendió la sirena y fue abriendo paso al taxi para que llegará lo más rápido al hospital. Por coincidencia, una unidad móvil de un canal de televisión había estado cerca, de modo que esa noche, la noticia era de conocimiento general, y tanto el policía como él recibieron la felicitación pública por la acción cívica desinteresada.

Por supuesto que esta anécdota no es novedosa, pero sí muy entrañable. Seguramente muchos de sus colegas podrían contar casos similares de atención a parturientas, o situaciones tan similares que hasta se muestran con cierta frecuencia en películas de televisión y cine, cuando la trama considera escenas de la vida de profesionales del volante.

En otra ocasión, llevaba a una pareja de esposos en el asiento posterior, quienes estaban dando el espectáculo lamentable de una pelea conyugal en el propio vehículo. Él, como buen profesional, simplemente conducía el vehículo sin intervenir para nada, y cuidándose mucho de ni siquiera mirar por el espejo retrovisor o al menos hacerlo muy disimuladamente para que la pareja no se diera cuenta, porque ¡quién sabe a lo que podían llegar y había que estar alerta!, aunque por otro lado, estas historias siempre generan audiencia y es bueno tener los detalles para contárselos a sus futuros pasajeros. Sin embargo, lo que sí, trató de llegar lo antes posible al destino para librarse de tan desagradable compañía y evitar que el interior de su vehículo esté expuesto a una contingencia de daño, a una batalla campal. Así que cuando llegaron, rápidamente cobró su tarifa y pensaba retirarse, cuando empezó la pelea a golpes entre los conyugues en la que la peor parte la estaba llevando la mujer.

Cley saltó como un resorte del carro, pues le salió el espíritu caballeroso que le habían inculcado en su hogar y en el colegio, y se enfrascó en tratar de calmar los ánimos. Pero cuando trataba de sujetar al hombre, la mujer aprovechaba para lanzar golpes, algunos de los cuáles le impactaban a él, y cuando trataba de protegerse de ellos, el marido reaccionaba y trataba de agredir físicamente a su mujer, de tal forma que parte del contraataque era amortiguado por su cuerpo.

Como corolario de lo sucedido, los tres más el automóvil acabaron en la comisaría para aclarar los hechos. Afortunadamente, mucha gente también tiene muy internalizado el sentido de la justicia, y algunos testigos que los acompañaron hablaron con el comisario para explicar la situación, y cómo más bien, su actuación fue para tratar de proteger al más débil y para intentar detener la batalla. Finalmente, Cley fue liberado, pero los golpes y rasguños sólo se los quitó el tiempo. Pero él sabía que había actuado correctamente y eso era lo rescatable, así que de alguna manera los días y semanas que demoraron en desaparecer los moretones y rasguños fue un recordatorio del martirologio sufrido.

Hubo muchísimas y variadas aventuras y anécdotas durante el desempeño de su oficio, como cuando lo asaltaron y robaron el auto que afortunadamente recuperó al día siguiente, o cuando recogió del aeropuerto a una pareja de turistas alemanes que no hablaban castellano y tuvo que ingeniárselas para mediante señas, gestos, revisando sus papeles con anotaciones de palabras clave de varios idiomas y mil cosas más, poder saber cuál era el hotel de destino. Afortunadamente, incluso el idioma alemán tiene algunas palabras similares al idioma de Cervantes, lo que hizo que Cley llegara a la siguiente reflexión "¡Menos mal que no eran vietnamitas!" O cuando transitando por una calle súper congestionada, estuvo atracado por más de una hora y cuarto hasta que por el imprevisto se quedó sin gasolina: utilizó todos los trucos habidos y por haber para ahorro de gasolina a fin de no quedarse sin combustible para evitar el desenlace: apagó la radio, apagó el motor y solo lo encendía cundo el movimiento vehicular le permitía avanzar unos milímetros, pero al final perdió y tuvo que empujar el carro hasta la gasolinera más cercana, no sin antes haber recibido pullas y gritos por obstaculizar la vía, y hasta de un desadaptado e "ingenioso" que le lanzó el mordaz juego de palabras "sigue empujando derechito hasta el botadero". Lo cual lo sintió muy injusto, porque su carro era viejito, pero estaba muy bien conservado. Pero bueno, lo tomó con humor porque amargarse no servía de nada, además, el gracioso ya estaba muy lejos.

Pero quizá la más alucinante le ocurrió una noche de sábado de invierno, cuando estaba por terminar su jornada luego de un laborioso día, en que las ganancias habían sido un poco más de lo normal, así que Cley, meditaba para decidir si continuaba su labor hasta la hora habitual, o suspendía todo para reunirse con sus amigos en el bar de siempre y pasarla bien. Total, luego de una semana bien trabajada, corresponde descargar el cuerpo de las tensiones y qué mejor manera de hacerlo que estas reuniones de compinches y camaradas, donde las bromas, chistes, tragos y todo eso hacen que la vida sea agradable. ¿Contaba esto como estar distraído mientras manejaba? En realidad, mientras conducía como un autómata por las calles conocidas, los baches y rompe muelles tan familiares, el tráfico y maniobras temerarias ya familiares de otros vehículos y que no le sorprendían, el tener la mente dirigida a otros pensamientos no afectaba en nada la conducción del vehículo.

Estaba manejando por una avenida ancha cuando casi al llegar al cruce, se produjo un aparente fallo del semáforo: había pasado muy rápidamente de verde a naranja y estaba por aparecer la luz roja de parada. Cley, calculó el tiempo y decidió, contra su costumbre, forzar el carro para cruzar la intersección, en un segundo decidió hacer lo que habitualmente no hacía, pero increíblemente luz volvió a verde. Este cambio de luces lo desconcertó, y su reacción fue pisar el acelerador para alcanzar la siguiente cuadra, pero en ese instante, ya habiendo casi terminado la maniobra, notó en forma difusa la figura de un hombre delante del auto. Instintivamente frenó con todas sus fuerzas, pero el impulso del carro y la humedad en la pista hicieron el esfuerzo inútil, y luego de un estruendoso sonido, el cuerpo salió volando como cinco metros.

Era la primera vez en toda su vida como taxista que le pasaba algo así. Terminó de detener el auto, y se acercó donde el hombre que se encontraba tendido boca abajo, en un charco de sangre y sin aparentes signos de vida. La calle estaba absolutamente solitaria, no había a quién pedir ayuda. Se le vino a la mente la demostración de primeros auxilios que había visto muchas veces por televisión, pero no se sentía preparado para aplicarlos en tamaña desgracia. También recordó la recomendación que había escuchado de no mover el cuerpo, porque se podría estar ocasionándole más daño; e incluso por un instante se le cruzó la idea de huir para intentar salirse del problema con el argumento justificatorio de que él no tuvo la culpa, mecanismo sicológico que le permitiría evadir el problema. De esas ideas tenía que escoger alguna, como seguramente les ocurre a las personas que por desgracia pasan por este mismo percance. Pero la decisión tiene que ser rápida: atender, huir, buscar ayuda, mover el cuerpo y subirlo al auto. ¡no se puede tomar mucho tiempo para esta decisión crítica!

Pero finalmente a lo que atinó fue a regresar al auto, cuidadosamente estacionarlo cerca al cuerpo, y luego con muchísimo cuidado, pero lo más rápidamente que pudo, subió al accidentado al asiento posterior del auto, acomodándolo lo mejor que pudo con las piernas dobladas y el cuerpo en posición fetal. Afortunadamente no era una persona corpulenta, sino más bien mediana y delgada, por lo que él solo pudo hacer la delicada tarea.

Luego subió al auto y se dirigió al hospital, absolutamente concentrado para lograr la ruta más corta. Llegando al destino, entro a la zona de estacionamiento para emergencias y solicitó desesperadamente la ayuda de los enfermeros. El personal del hospital acudió rápidamente llevando una camilla, y luego, con sumo cuidado y profesionalismo, retiraron el cuerpo del carro, lo colocaron sobre ella y presurosamente lo trasladaron a la zona de emergencias. Mientas se dirigían hacia el tópico, llegó muy rápidamente el médico residente, quien conforme iban avanzando empezó a realizarle unas pruebas rutinarias: respiración, pulso, luz en las pupilas. Finalmente exclamó: *"Aún está vivo".*

Un policía se le acercó a Cleyder para indagar sobre el suceso, y él con toda sinceridad le describió los hechos. "Entonces debemos ir a la comisaría para para tomar las declaraciones de lo sucedido." Era el procedimiento que correspondía, de modo que había que seguirlo con resignación.

Ya en el local policial, debió cumplir con la tediosa rutina de la manifestación que iba siendo rápidamente transcrita por un personal subalterno de la comisaría, comenzando por identificación propia con los "generales de ley", lugar de residencia, documentación del vehículo, licencia de conducir, documento de identidad, dosaje etílico, para lo cual se desplazó hasta el Hospital de la Policía. Luego regresó a la comisaría, y continuó todo lo demás del procedimiento. Eso le tomó como unas tres horas y pudo haber sido mucho más, pero el Comisario, con ojo clínico, vio que la actuación de Cley se ajustaba a la de una persona honesta y responsable, y lo dejó ir.

Lo primero que se le ocurrió fue regresar al hospital para ver la evolución del atropellado. Dejó el auto en el parque ubicado al frente de la fachada e ingresó por la puerta de emergencia para poder indagar en la oficina de admisión. Le indicaron la sala y la cama que estaba ocupando, pero ya en cuidados intensivos adonde lo habían trasladado, de modo que no era posible verlo. Así que esperó afuera hasta que salió la enfermera de guardia para preguntarle por él.

"¿Es usted su pariente? Está muy grave. Solamente se le ha estabilizado y puesto suero, esta inconsciente. No se puede pronosticar nada hasta dentro de doce horas. Pero ya que está usted por acá, vamos a necesitar alguna medicina que no hay en el hospital, así que le voy a dar la lista para que la traiga lo antes posible."

Recibió el papel sin hacer ninguna aclaración de cuál era su relación con el accidentado. Realmente se sentía responsable de lo ocurrido, aunque si se pudiera analizar el percance en un video tal como se hace con las jugadas en un partido de fútbol que se repiten una y otra vez para que los comentaristas puedan dar una opinión final, se vería que en realidad fue literalmente un accidente sin ninguna intención ni responsabilidad de su parte. Pero su conciencia de hombre de bien le decía que debía acompañar al herido hasta el final y hacer todo lo posible por que se recupere. Así que salió del hospital hacia la farmacia para adquirir los medicamentos y luego regresó para entregarlos a la oficina de cuidados intensivos para que las enfermeras procedan a administrarlas conforme a las indicaciones médicas.

De regreso a su casa cerca de la madrugada se puso a meditar en lo sucedido. No podía explicarse cómo había fallado el semáforo, prácticamente invitándolo a que acelerara el carro, y menos aún de dónde había aparecido esa persona. Estaba seguro de haber mirado en forma panorámica antes de lanzarse a cruzar, recordaba que las calles estaban en ese momento absolutamente vacías. También meditó sobre la decisión de no escapar y más bien ayudar al accidentado. Ya más tranquilo, se sintió aliviado porque concluyó que había hecho lo correcto.

Durmió hasta más de mediodía, y cuando despertó, tenía la sensación de que todo había sido un sueño. Pero luego retornó a la realidad. Tomó un desayuno - almuerzo y se fue a trabajar. Poco a poco iba recuperando el aplomo necesario para desempeñar su oficio, porque de cuando en cuando le venían a la mente las imágenes del accidente y del hombre herido, y no podía evitar volver a pensar sobre el grado de responsabilidad que le correspondía en el infausto suceso. Y así fueron llegando la tarde y la noche.

Entonces fue al hospital nuevamente para preguntar por la salud del herido. Seguía en cuidados intensivos, pero vivo. La jefe de enfermeras le dio una nueva lista de medicinas, y le explicó que, aunque era muy buen síntoma que hubiera llegado a las 24 horas con vida, seguía en estado crítico y aunque no se podía dar un pronóstico del desenlace, se podía decir que si mantenía la evolución, posiblemente en 24 horas más ya se podría diagnosticar algo concreto. Que el médico de guardia lo había visto pero que no había más que añadir. Las enfermeras ya se habían enterado de que Cley no era pariente ni amigo del herido, ni siquiera conocido, sino que era el conductor que había participado en el accidente, pero responsablemente se estaba haciendo cargo e interesando por el herido, y por eso tenían la mejor impresión sobre su persona, como un alma noble. Tan fue así, que la jefe de enfermeras le dijo. *"¡Cómo todas las personas fueran como usted! Sin exagerar, ¡la humanidad sería mucho mejor!"*

Al día siguiente fue la misma rutina. Llegó en la noche, pero esta vez la enfermera de dijo que el hombre había tenido pequeños episodios de vigilia, pero que ya se había dormido. Que el médico de guardia lo había revisado y aunque seguía delicado, estaba optimista por su evolución, y que aparentemente, aunque sin poder asegurarlo, la parte crítica se estaba superando. No obstante, no se podía estar absolutamente confiado en una evolución favorable porque una complicación podía ocurrir en cualquier momento.

La noche siguiente, la situación había mejorado aún más: ya no estaba en cuidados intensivos sino en la sala común. Se permitían visitas, de modo que se acercó a verlo. Estaba dormido. La enfermera le explicó que había sido un caso fuera de lo común, que a pesar de la gravedad de las heridas internas y fracturas sufridas había evolucionado milagrosamente. La rápida recuperación si bien había aliviado a todos, era verdaderamente algo excepcional y fuera de lo común, no se había visto antes en otros casos, les extrañaba una mejora tan repentina. En eso el hombre despertó, abrió los ojos y dirigió a Cleyder una mirada durísima, llena de rencor y hasta podía decirse de odio supremo.

Esto lo desconcertó, pues nunca se habían visto antes ni después del accidente, y no era posible que cuando ocurrió el hecho, en forma alguna lo hubiera podido identificar. Cley, trémulo, se sintió muy impactado, y con voz afectada le indicó quién era y qué había pasado, y se disculpó de todas las formas posibles, argumentó que todo había sido accidental, que él había estado manejando el auto a velocidad controlada, que el semáforo había fallado, que él lo había acompañado todo el tiempo e incluso había comprado las medicinas necesarias y lo iba seguir haciendo hasta su total recuperación.

En ese momento, el convaleciente cerró los ojos y se quedó dormido.

Cley se retiró para comprar la medicina pendiente y entregarla, como lo había hecho anteriormente durante todo el tiempo de la hospitalización.

Nuevamente volvió al hospital la siguiente noche, y esta vez encontró al accidentado sentado en la cama perfectamente lúcido, quien lo recibió nuevamente con una mirada fría y que traslucía furia e ira, que si bien creía entender, le parecía exagerada, tomando en cuenta que su actitud con él había sido muy responsable, y que por otro lado, ya había explicado que todo se debió a una situación absolutamente fortuita. Sabía que las enfermeras le habían comentado de cómo él se había comportado durante el accidente, e incluso los días posteriores en el hospital, una forma de actuar que en algunos casos ni siquiera se produce entre amigos y parientes. Por eso, percibir el rencor que mostraba el herido le parecía injusto.

Le reiteró el pedido de disculpas por el accidente, y también el recuento de como lo había recogido, llevado al hospital, y estado permanentemente preocupado de su recuperación, y que tan era así, que ya se encontraba prácticamente rehabilitado. No entendía por qué persistía la mala vibra en el herido, pues las explicaciones que había dado corroboradas por las enfermeras en alguna forma deberían influir en su estado de ánimo. Sin embargo, esta vez ocurrió algo diferente.

Esta nueva explicación pareció de alguna manera suavizar la actitud del herido, quien se veía muchísimo más recuperado. Miró fijamente a Cley, y luego de algunos segundos de meditación, le habló de esta manera:

"*Precisamente de eso se trata*, -dijo, haciendo un poco menos dura su mirada-*nunca debiste intentar salvarme. Lo que yo quería era morir de una vez por todas. Haz de saber que hace algún tiempo yo mismo atropellé con mi vehículo a una persona y la abandoné en la pista moribunda sin importarme que una actitud como la que tuviste pudiera haberle salvado la vida. Desde ese día entré en este ciclo en el que ya he sufrido atropello por cinco veces, y en todas ellas he sido ayudado y salvado de la muerte. Esto no terminará hasta que alguien se comporte conmigo de la misma manera irresponsable y cruel que yo tuve, y por fin pueda descansar en paz.*

Cleyder quedó desconcertado, y salió apresurado a llamar a las enfermeras. Cuando regresó, la cama estaba vacía.

El portal del tiempo

El tiempo es una variable continua que si la graficáramos en un par de ejes coordenados aparecería como una línea recta de modo que una persona ubicada en ella sólo podría ver dos puntos: el que está inmediatamente adelante y el que está inmediatamente atrás y no existe otra opción, es decir, no hay alternativa de acuerdo a esta representación conceptual. Pero en la realidad, los cosmólogos físicos han demostrado que para el tiempo la línea recta no existe en la vida real. Más aún, sostienen que incluso el Universo es curvo y el tiempo también sigue esta conformación (el espacio tiempo, de la teoría de relatividad especial de Einstein) de modo que con los avances en el desarrollo en la teoría al respecto podemos estar seguros que pensar en contrario sería, comparativamente, como regresar hasta antes del sigo XV, cuando se creía que La Tierra era plana. Al no ser una línea recta, entonces desde un punto de ella si es posible ver no solo los puntos inmediatamente delante y detrás, sino, TODOS los puntos de la línea. ¿Es esto posible?

Entonces, si la verdadera gráfica del tiempo no puede ser dibujada como una línea recta sino debe ser una curva, el radio de giro en los diferentes tramos dependerá de fenómenos electromagnéticos y físicos (las fuerzas de los campos gravitatorios) que se vayan sucediendo en el punto donde se le hace la medición. Las fuerzas ejercidas no solo por los planetas y todas las masas existentes sino también por los agujeros negros, que son lo contrario de las expresiones masiva. Si, ya hay bastante estudiado, pero aun incomprendido, sobre esta paradoja física. El paso de un punto donde se está haciendo la lectura del tiempo por un lugar muy cercano o muy lejano al Sol, determinará una determinada curvatura. Igualmente, el paso de un cometa, la constelación de planetas o cualquier materia o energía en una posición relativa que haga que la citada dimensión se flexione contribuirán a darle al espacio tiempo una forma caprichosa comparable con la figura de una serpiente en movimiento.

Esto quiere decir que en un determinado instante, alguien que esté ubicado en un punto de la curva no solamente estará en capacidad de mirar el pasado y el futuro inmediatos, sino que si se dan una serie de condiciones y coincidencias, podrá ver otros instantes de la curva que se hayan aproximado lo suficiente para entrar en su campo visual. Claro que esto es un fenómeno poco frecuente y requiere que ocurran cosas excepcionales, pero que permitirán ver determinadas escenas del pasado y del futuro tan cercanos o lejanos como la curvatura de la línea lo ofrezca a quien en ese momento sea el afortunado observador.

Justamente en esos días se estaba produciendo un fenómeno que haría notoria esta oportunidad tan especial, pues a la posición de los planetas que creaban un campo gravitacional-magnético especialmente poderoso, se sumaba la actividad solar que emitía ondas de energía que interferían con dicho campo, y aún más, un cometa de dimensiones fuera de lo común había ingresado a nuestro sistema solar, y en forma absolutamente caprichosa se estaba moviendo por una órbita elíptica que rodeaba La Tierra y creaba justamente las condiciones necesarias para que se produzca el fenómeno descrito.

Jim Lower era el narrador de noticias de la cadena televisiva HNN, con una audiencia tan grande que lo convertía en el hombre más visto durante la hora que duraba su segmento de noticias. Tenía más de quince años en el programa y a fuerza de empeño y trabajo dedicado había creado el informativo ideal para todas las personas, con secuencias dirigidas a diferentes estratos y nichos de público de tal modo que era un informativo de altísimo rating. Además, había conformado un equipo de trabajo muy profesional y eficiente que combinaba al servicio de investigaciones del propio canal de televisión con su propio equipo de personas, que siempre estaban en busca de noticias y primicias que se transmitían en directo mientras él presentaba su programa, en tal forma que su público siempre era sorprendido con algún reportaje en vivo de algo inusual que estaba sucediendo en ese momento.

El cometa gigante se aproximaba a La Tierra, siguiendo su insólita órbita, si bien lejana e inocua, pero que estaba a punto de completar el conjunto de fuerzas que flexionarían, si cabe la expresión, la línea recta de tiempo. Este fenómeno pasaba desapercibido porque estaba en el ámbito astronómico, lejos de las personas comunes y corrientes dedicadas a otras cosas más mundanas, que es lo que usualmente llama la atención sólo a los estudiosos del tema: la interacción con otros planetas, con el Sol en el que generalmente se producen llamaradas y explosiones extraordinarias, y en nuestro mismo planeta en la forma de modificación de mareas, cambios climáticos puntuales y hasta movimientos telúricos. Tal vez estos sucesos serían noticia, pero sólo para la cofradía de físicos y astrónomo y algunas pocas personas interesadas en este tema. La ciencia todavía no se había dedicado a explorar el efecto en el tiempo, no lo había considerado hasta el momento como una posibilidad.

Jim estaba haciendo la narración y comentario de algunas noticias de interés, e iba a pasar a presentar un importante acontecimiento en vivo desde un centro comercial pues ya a través de los auriculares internos le anunciaban que iban a hacer el cambio a informes de sus reporteros. En dicho lugar se presentaría una película de cine en calidad de estreno mundial, en la que habían participado famosos artistas locales y extranjeros, quienes se estaban dando cita en el lugar justamente para hacer la promoción de la misma. Ya minutos antes se había enfocado el lugar donde se abarrotaba el público para ver a los protagonistas del film, y también a los guardaespaldas que formaban una cadena humana desde el sitio donde estacionarían los vehículos que los traerían hasta la entrada del local cinematográfico, para evitar que el público les impida el paso y cause desorden. En ese momento, Jim hizo el anuncio a su público que nuevamente pasarían a transmitir desde el centro comercial pues le habían avisado que ya estaban llegando los ilustres invitados.

En las pantallas de todos los televisores que sintonizaban el evento aparecieron las imágenes del lugar, un auto negro lujoso, llegando a la zona de estacionamiento mientras los guardaespaldas hacían esfuerzos redoblados para evitar que la multitud los sobrepase.

Cuando repentinamente cambió la escena. Apareció el mismo lugar, pero los edificios que se mostraban eran los que habían estado en ese espacio hacía más de cincuenta años. Era como si hubieran cambiado la transmisión por una película antigua en la que se podía apreciar un lugar de otra época y lo que ocurría en ese momento. Dos automóviles estacionaban en la vereda y de ellas bajaban varios hombres con actitudes nerviosas y desconfiadas. Repentinamente aparecieron en el lugar otros dos autos y una moto de la que descendieron varios tipos al mismo tiempo que empezaron a disparar contra los primeros, y en un lapso de cinco minutos de terror, terminaron con lo que vinieron a hacer y huyeron en sus vehículos.

La interferencia de la línea del tiempo flexionada por las fuerzas del sistema, se había filtrado en los satélites artificiales que orbitan nuestro planeta llevando las señales de las televisoras por todo el espacio, y habían proyectado unas imágenes que correspondían a otra época. Había sido una coincidencia en el tiempo, algo insólito que había sorprendido a todos, pero que podría ser interpretado de diferentes maneras por el televidente que seguramente había quedado desorientado por lo que estaba viendo en su pantalla de televisión. Sin embargo, nadie podía imaginar lo que estaba pasando en realidad, y la interpretación más creíble sería que todo se debió a una falla televisiva o tal vez un avant premiere de lo que sería el film, aunque no coincidía con los avances que se habían anunciado de él.

Todos los televidentes habían visto un ajuste de cuentas en vivo, y quedaron sorprendidos no tanto por la violencia de lo observado, porque daba la apariencia de ser un segmento de una película antigua que se había colado a la pantalla, sino por el cambio de la imagen tan repentina y que no tenía nada que ver con el contexto de lo que el conductor del programa estaba describiendo segundos antes.

Sin embargo, no faltó alguien que recordara un sonado caso policial que había ocurrido efectivamente hacía muchísimos años en ese lugar, en el que se había producido un así llamado "ajuste de cuentas" entre bandas de delincuentes, y que a pesar que la policía intervino rápidamente el caso nunca había sido resuelto, y los protagonistas que quedaron vivos luego del suceso no pudieron ser capturados. Nunca se pudo identificar, detener y someter a la justicia a los autores del acto violento. No dejaron de haber llamadas a la televisora por parte de curiosos que querían saber si lo que había visto era un truco publicitario del avance de otra película que se iba a estrenar próximamente. Nadie supo que responder. Sin embargo, Jim, que había visto todo desde las pantallas de interiores, quedó con la duda y decidió investigar, pues él si sabía positivamente que la televisora no había difundido nada. Pidió la grabación del video para verlo con calma.

Luego de una minuciosa investigación bibliográfica, incluidos recortes de periódico de los archivos, efectivamente se pudo determinar que la escena pertenecía a un asesinato que ocurrió hacía muchos años y que nunca pudo determinarse quienes fueron los autores. Pero ahora él tenía una filmación, en la que se podían ver claramente los rostros de las personas y tal vez, aun cuando había transcurrido un tiempo muy prolongado, se podría ubicar a los protagonistas si es que aún seguían con vida. Y efectivamente, cuando fue a la delegación de investigaciones de la policía para que lo ayuden a hacer la identificación, se pudo alcanzar el objetivo luego de un paciente trabajo. Era increíble, después de más de cincuenta años se sabía quiénes habían sido los autores del asesinato. Sin embargo, eso no era lo más espectacular de los acontecimientos. En realidad, la verdadera incógnita era saber de dónde habían venido las imágenes.

Poco a poco lo que ocurrió fue pasando a segundo y tercer plano, hasta que quedó como un recuerdo de un misterio que no se pudo resolver. Aparecían otras noticas que condenaban al olvido lo que se había visto, pues además, no tenía nada de espectacular salvo para Jim, por lo que le había permitido descubrir.

Mientras tanto, el cometa seguía su curso, causando el desequilibrio electromagnético que permitía visualizar por instantes otros periodos de tiempo.

Unos días después, nuevamente Jim estaba narrando noticias como habitualmente lo hacía. Esta vez correspondía la presentación de un especial sobre los atractivos turísticos de la zona arqueológica de la ciudad, en las afueras de la zona urbanizada, pero a un par de horas de la sede central de la televisora donde estaba el estudio periodístico. La idea era hacer la promoción del lugar para lograr que el flujo turístico tanto nacional como extranjero se incrementara.

Las imágenes mostraban una ciudadela muy antigua hecha en barro y piedras. En la entrada figuraba un cartel en el que se exhibía la tarifa de ingreso, y algunas figuras de lo que se suponía que fue la cultura ancestral que había vivido en la zona, con letreros con la descripción de lo que sería la interpretación de las imágenes que se mostrarían y de cómo se suponía que habían vivido. También la maqueta de toda la zona en la que se le podía apreciar en su totalidad, los campos de cultivo que rodeaban el lugar, la plaza principal donde supuestamente se desarrollaban ceremonias religiosas de la época, y otros edificios y lugares notables.

Mientas el narrador iba haciendo la presentación del lugar la cámara empezaba a moverse ingresando a la ciudadela y Jim iba leyendo la gloriosa historia de los que habían vivido en la época. Pero cuando terminaron de entrar, todo cambió, ya no era un recinto vacío, sino que estaba lleno de personas ¿disfrazadas? con ropajes que debían pertenecer al pasado, más o menos con una indumentaria parecida a la que figuraba en los textos de historia sobre esa cultura. Y es que los restos de personas que se habían encontrado momificados habían dado una idea de cómo se vivía.

Sin embargo, lo que estaba pasando era sorpresivo, tan fue así que Jim leía y revisaba una y otra vez los textos que le habían dado, pero no había correlación entre lo que estaba escrito y las imágenes y sonidos que se veían en la pantalla.

Llamó al celular de su periodista que estaba en el lugar para que le explique lo que estaba sucediendo. Éste le respondió que no había nada extraño, que estaba por ingresar a la ciudadela para hacer la narración de lo interno de acuerdo a lo programado y según el libreto. Sin embargo, el que sí estaba algo confundido era el camarógrafo, porque en su mini pantalla había una intermitencia entre lo que se visualizaba en la vida real, y otras tomas en las que aparecía gente disfrazada a la usanza de la época de la antigua cultura, deambulando normalmente dando la impresión que estaban desarrollando su actividades normales y cotidianas, y hablando en un idioma ininteligible.

¿Qué era exactamente lo que mostraban las pantallas en el estudio y se reflejaba en todos los televisores del país? Aparentemente lo que sería un altísimo dignatario, si no el gobernante principal de la zona, aparecía sentado en lugar preferencial de la plaza, rodeado de los que serían sus asesores o tal vez sus lugartenientes. En esos momentos, tenían al frente a un grupo de pobladores comunes, lo que se interpretaba porque lucían ropajes bastante más sencillos, aparentemente haciendo entrega de bienes que serían seguramente los impuestos por el uso de la tierra, o tal vez simplemente regalos en reconocimiento a la protección que les daban los líderes, de invasores de otras civilizaciones.

Lamentablemente, el idioma extraño en que se comunicaban impedía que se supiera a ciencia cierta lo que estaba ocurriendo, por más que las imágenes fueran explícitas. Con la experiencia que se había tenido en el caso de los bandoleros, Jim miraba con otros ojos lo que estaba sucediendo. No, no era una película que se había filtrado, como tampoco había sido la de los asesinatos. Era una escena de la vida real, que había ocurrido varios cientos de años antes pero que por algún motivo la cámara la estaba captando.

Segundos después la transmisión volvió a la normalidad y nuevamente aparecieron las proyecciones actuales que estaba mirando el periodista en la zona y transmitiendo el camarógrafo.

Una vez que terminó todo, la gerencia del canal llamó a un atónito Jim, para manifestarle la felicitación por la magnífica idea de haber mezclado el reportaje en vivo con la película ambientada a la época. Jim no sabía qué responder. No le parecía creíble decir, al menos en el momento, que no había preparado absolutamente nada, y que de hecho sospechaba que lo que se había visto era realidad, una escena que había ocurrido verdaderamente en la ciudadela durante su vigencia.

Lo único que quedaba claro en el momento era que lo que se estaba mirando eran solamente imágenes del pasado, no era nada que estuviera coexistiendo en la actualidad puesto que el periodista de campo había reportado lo que estaba pasando en ese momento en el lugar y que correspondía a la actualidad, nuestra actualidad. ¿De dónde venían esas imágenes?

¡Las imágenes! Si, las imágenes que se transmitían venían del satélite. El equipo del camarógrafo lanzaba ondas electromagnéticas desde el estudio hacia dicho artefacto que se encontraba orbitando el planeta, éste las devolvía hacia las antenas retransmisoras. Entonces la clave de todo era descubrir en qué momento se hacía el cambio, qué pasaba en algún lado que determinaba la suplantación de las imágenes que enviaba su camarógrafo por las que llegaban a la antena del estudio y luego eran enviadas a los receptores del público.

Sin embargo, no fue Jim el único que sacó estas aventuradas conclusiones en base a sus deducciones empíricas. En el Observatorio Astronómico Internacional, Jeffry Eagan, un experimentado estudioso del ciberespacio, pero a la vez asiduo televidente del programa de Jim había llegado a conclusiones similares, pero partiendo de exactamente el ángulo opuesto. Había estado observando la conjugación de los planetas y el paso del cometa, y tenía la idea fija que esta inusual situación causaría desequilibrios en nuestro planeta más allá de los problemas físicos que ya se habían detectado. Y la visualización del hecho luctuoso de los pandilleros, que rebotó en las noticias porque se había resuelto un crimen ocurrido hacía tanto tiempo, lo hizo meditar al respecto. Pero el episodio último de la cultura ancestral, lo llevó a formular una hipótesis preliminar que tendría que comprobar o descartar, y para eso, consideró entrevistarse con Jim.

Jeffry y Jim se reunieron sólo horas después de la emisión del último programa. Lo primero que le preguntó a Jim, a riesgo de parecer maleducado, era si lo que se había visualizado era producto del marketeo de su programa o si realmente eran imágenes verdaderas. Sólo le pudo responder que habían aparecido en las pantallas, que desconocía el origen y no podía dar fe de si eran verdaderas o falsas más allá que las de la balacera correspondían a un hecho real, pero del que nunca se supo que pudo haber sido filmado. Del que acababa de suceder, tampoco podía responder por su verosimilitud, pero que tal vez algún historiador o un arqueólogo podrían dar más luces al respecto. Pero Jeffry si podía asegurar que el idioma en el que habían hablado los nativos era un dialecto muy antiguo que se hablaba en la zona, y hasta casi podía dar por hecho que se trataba de una escena real que había venido del pasado. Lo que continuó después como parte del cambio de ideas entre ambos en busca de concretar hipótesis, fueron horas y horas de visualización de ambos videos, una y otra vez, para buscar y encontrar detalles que confirmaran que eran episodios verdaderos.

Por un lado, Jim, por su experiencia en los sets de televisión, confirmaba que no se trataba de escenarios de utilería, no podían serlo porque estos tienen ciertas características que permiten que el camarógrafo pueda desplazarse para lograr tomas completas, y éstas no las tenían. Por el otro, Jeffry aseguraba que lo que se veía de la escena de pandillaje, coincidía con la información que estaba viendo en los recortes periodísticos que le proporcionó Jim, y lo de la ciudadela era una recreación tan real, que concluyó que si era verídica.

Lo que seguía sería en base a lo que había propuesto Jim, rastrear el camino de las imágenes, que indudablemente, o al menos como supuesto inicial, venían del satélite que estaba siendo alimentado por las ondas electromagnéticas que se le transmitían desde La Tierra, específicamente de la cámara del reportero del canal de televisión. En la estructura de esta idea, encajaba que el recorrido estaba perfectamente definido, entonces, ¿qué podría haber pasado?

Esta situación merecía ser revisada con más cuidado. Al menos lo que ocurría con la señal desde nuestro planeta hasta la estratósfera era lo normal, no había presumiblemente nada que investigar en este aspecto. El problema estaba en el retorno. En el espacio estaba ocurriendo algo extraño, y eso lo podría determinar posiblemente desde el observatorio, así que para allí se fue en compañía de Jim, con todo su equipo, su narrador, su camarógrafo y hasta el vehículo con el equipo de transmisión.

Jeffry hizo unos cálculos referidos a la posición del satélite a la hora que habían ocurrido los hechos, la posición de los planetas, y la trayectoria de las ondas. Inmediatamente realizó una simulación en las poderosas computadoras para confirmar la trayectoria y visualizar la actual posición relativa de todos los elementos. Y con los resultados, determinó las coordenadas que tenía que fijar en el telescopio.

En ese momento, le indicaron al camarógrafo que encendiera su cámara y apuntara hacia la calle, dirigiéndola hacia el parque vecino. Así, empezó a hacerse una transmisión que se visualizaba en un televisor de sesenta pulgadas que tenían en la habitación.

Lo demás lo harían las máquinas. Pero sólo un detalle más: hizo la programación en el computador para que las ondas que se emitían hacia el satélite (las de la transmisión que hacía el camarógrafo) se dibujaran en la pantalla con diversos colores, a fin de poder hacerles seguimiento en forma visual.

No se apreciaba nada anormal, lo que se veía en el televisor era lo que estaba transmitiendo la cámara. Y así se la pasaron buenas horas observando algo obvio, y hasta aburrido. Sin embargo, varias horas más tarde, algo empezó a ocurrir, la imagen en el televisor mostraba mini señales de interferencia. Y luego vendría lo insólito.

Mientras tanto, el monitor de la computadora iba mostrando algo espectacular. En su trayectoria hacia el satélite las ondas pasaban por un punto donde se flexionaban en forma irregular, hacían un giro extraño y desaparecían y luego de algunos milésimos de segundos, volvían a aparecer, pero con los colores cambiados, y así llegaban al satélite y esto era lo que se retransmitía, ¡las ondas habían sido suplantadas por intrusas!

¿Qué podría estar pasando? Jeffry revisó la posición de los planetas y el cometa, y vio que la trayectoria de este último, tal como se prevé en el movimiento traslacional, no era recto, sino que el eje rotacional variaba en lo que se conoce como la precesión, y en el momento en que el eje del cometa se conjugaba con el de La Tierra, se producía el fenómeno observado.

Y en ese instante, y por el lapso corto que se había producido en anteriores ocasiones, la pantalla de la televisión presentó una imagen conocida, pero que pertenecía a algo que había ocurrido hacía un par de semanas con ocasión del día nacional del país.

Esta vez sí se podría determinar algo más preciso, o de repente se haría mayor la confusión, porque se trataba del evento en el que el Observatorio Astronómico Internacional había realizado el fastuoso espectáculo de proyectar imágenes de las estrellas y los planetas en una niebla inducida artificialmente, a la cuál habían asistido cientos de personas. Existían filmaciones tanto de noticieros, así como de personas particulares, y entonces podría caber la duda razonable que esa imagen que estaban apreciando en ese momento era alguna de las que se habían filmado anteriormente, y alguien en broma o saboteando la investigación, las estaba reproduciendo y proyectando. Pero no, era totalmente imposible, porque la toma que estaban viendo en ese momento provenía de la ventana del observatorio, y por razones de seguridad, nadie extraño había entrado durante las festividades, excepto por supuesto, el personal habitual y no se había hecho filmaciones desde el interior.

Había quedado comprobado lo que se pensó, todo era producto de la conjugación de elementos en el espacio, incluyendo el fortuito cometa visitante. Lamentable y obviamente, el fenómeno sería temporal porque en cuanto el cometa se fuera y los planetas cambiaran su posición relativa, todo terminaría.

Y efectivamente, el cometa había llegado al vértice de su órbita parabólica y ahora comenzaba su viaje de regreso a la eternidad. Según lo que explicó Jeffry, sería la última vez que verían al cometa porque su trayectoria abierta lo llevaría a los confines del Universo. No tendrían mucho tiempo para continuar con el estudio del fenómeno que habían identificado, y hasta era posible que no lo volvieran a ver nunca más porque no se sabía cómo se reflejaría esta nueva posición relativa en la generación de la desviación de las ondas electromagnéticas. La idea era evaluar que había pasado para que las señales se doblaran, desaparecieran y volvieran a aparecer. Todo indicaba que habían entrado a un portal de tiempo y se había producido un intercambio de imágenes, pero esto sería difícil de demostrar si no se podía repetir la experiencia en sucesivas oportunidades. Sería casi imposible que esto ocurra, por lo que sólo les quedaba recopilar datos y tratar de documentarlos.

No podían perder tiempo para hacer los nuevos ensayos y generar evidencias de lo que se encontrara, porque el cometa seguía con su trayectoria inexorable y no habría otra oportunidad. Jeffry empezó a hacer cálculos para determinar en qué momento se produciría la conjunción de los ejes rotacionales que seguramente dispararían un nuevo evento y coordinó con Jim para que dispusiera de la cámara para hacer la filmación. Sería al día siguiente a aproximadamente las seis de la tarde y eso obligaba a trabajar rápido para no perder la escena. No había cómo saber a qué tiempo se remontarían esta vez las imágenes y por eso la idea era buscar un lugar que siempre estuvo habitado para que en cualquier circunstancia apareciera algo, y les diera un indicio para determinar la fecha del evento.

Lo más lógico fue elegir el centro de la ciudad, el lugar fundado por los conquistadores pero que anteriormente, cientos de años atrás, estuvo habitado por los nativos. De este modo se cubría un amplio espectro de tiempo.

Todo quedó preparado. Media hora antes se encendieron las cámaras dirigiéndolas hacia el Palacio de Gobierno, que era uno de los edificios más antiguos de la ciudad. Jim y Jeffry se quedaron observando la pantalla de televisión que habían instalado en el Observatorio, a la espera que llegara el momento preciso. Mientras esto ocurría, se distendían conversando, bromeando y viendo lo que ocurría en la plaza principal, cómo la gente se aglutinaba delante de las cámaras para saludar con la mano o simplemente sonreír con la esperanza de salir en las pantallas en algún horario estelar de un noticiero o un programa de amenidades, y cómo no, esperando tener la suerte que alguien los entreviste.

Empezaron a aparecer las primeras señales de interferencia, tal como había ocurrido antes, y poco a poco se fue definiendo la imagen.

Lo que se estaba viendo en ese momento no tenía nada de histórico, es más, era completamente futurista. Ya no existían los edificios actuales, que habían sido reemplazados por unos módulos que entraban y salían de la superficie, y las personas estaban dentro de unas burbujas ovaladas que les permitían desplazarse volando. No había mucha gente, en realidad casi no había en comparación al hervidero de personas de la época actual. La escena parecía un enjambre de abejas volando de un sitio hacia otro, unos de ida y otros de venida. Llamaba la atención que hubiera vegetación por todos lados, seguramente debido a la conciencia de protección del medio ambiente que hoy estaba solamente en embrión y cuyo desarrollo se proyectaba en el futuro. Parecía que todo había sido construido bajo tierra para que así no se afectara a la naturaleza.

Luego la imagen desapareció y volvió la de la ciudad actual. Por lo menos, la buena noticia era que la ciudad seguiría existiendo, por muchísimos años porque si bien no se podía determinar a qué año pertenecía lo que se había visto, daba la impresión que eran varias decenas o tal vez algunos cientos de años hacia el futuro.

Sin embargo, no había tiempo que perder, y Jeffry empezó inmediatamente a calcular cuándo se podría hacer una nueva conexión, que aparentemente sería con el futuro, según las conclusiones preliminares que se estaban conjeturando, puesto que ahora que el cometa estaba viajando en sentido contrario, parecía que esa sería la nueva dinámica. Aunque ahora se había considerado lógico que las imágenes fueran del futuro al estar el cometa en la trayectoria de regreso, no había sido advertido en su momento porque todo el fenómeno era totalmente inusual y desconocido. No había tiempo que perder ni para lamentarse por no haber pensado en eso, rápidamente se determinó que al día siguiente cerca de las nueve de la noche se produciría la nueva oportunidad. Tal vez aparte de esa habría un par más o quizá tres situaciones favorables adicionales, pero luego las condiciones que permitían este fenómeno habrían desaparecido, de modo que tenían que aprovechar estas últimas ocasiones para tratar de llegar a algo tangible.

Decidieron que esta vez, pensando en que se enfocaría algo del futuro, dirigirían la cámara hacia una de las calles más transitadas de la ciudad, para ver cómo evolucionaría en los próximos años, décadas, o centurias o lo que resultara.

En el momento indicado, se inició la proyección, pero para decepción de todos, no parecía ser algo muy lejano. Daba la impresión de ser tan actual que no había manera de determinar si se trataba de algo que había ocurrido hacía pocas semanas o que sucedería dentro de un corto tiempo. Eran las mismas calles, los mismos carros y la misma gente tal como eran en la actualidad.

En ese momento, Jim vio un auto color dorado, un Chevrolet convertible igual al que había proyectado comprarse dentro de unos meses para lo que había estado ahorrando y para lo que incluso tenía las gestiones de préstamo con el banco bastante avanzadas. Miró con deleite como se desplazaba, majestuosamente, raudamente y con una elegancia que lo hacía transportarse en sueños hacia el futuro para cuando lo tuviera. Pero, ¡un momento!, el conductor del vehículo era alguien muy parecido a él mismo, no podía ver nítidamente la imagen, pero había un algo que lo hacía pensar que era él, además, la ruta por la que estaba transitando era la misma que utilizaba el diariamente en su actual vehículo.

Parecía que quien manejaba estaba disfrutando de manejar el carro nuevo, y de toda su potencia, porque cada vez que podía, lo aceleraba dejando atrás a otros en la misma vía. Zigzagueaba y hacía maniobras extrañas para seguir adelantando, y hasta se cruzó una luz roja a toda velocidad pensando que le iba a ganar a los que venían por la transversal. Pero, ¡horror!, no fue así. Un carro lo envistió y lo hizo perder el control, y se fue a estrellar casi frontalmente contra un camión que venía en el otro sentido. El carro, o lo que quedaba de él, dio tres vueltas de campana y cayó pesadamente. El conductor salió disparado por la ventana y se golpeó duramente contra el pavimento.

Jim observaba asustado. Ahora que el tipo estaba fuera del auto, le parecía cada vez más que era él mismo, pues hasta la ropa se asemejaba a la que usualmente vestía. Trató de ver si el cuerpo se movía, si daba señales de vida, pero en ese instante la imagen desapareció.

¿Habría sobrevivido? ¿Sería él? Si así fuera, ¿habría alguna manera de evitar lo que le esperaba en el futuro?

Incógnitas que le sería imposible resolver. Aparentemente, no tendría mucho tiempo para hacerlo.

Ingeniería biológica

Su infancia había transcurrido, digamos, normal, para un chico que era brillante en el colegio y un poco retraído en la vida social. Prefería estar en casa que con amigos, y sólo practicaba deporte cuanto por obligación tenía que asistir a las clases de educación física. Pero por otro lado, a pesar de no ser el gracioso, el vivo, el guapo, el valiente, el matón de la clase, Rudecindo era muy respetado. Y no sólo por los chicos y chicas de su aula, sino se diría que por todo el colegio, alumnos y profesores.

Y es que con suma facilidad resolvía los pasos y exámenes de todos los cursos. Cuando había un concurso interescolar de ciencias, literatura o lo que fuera que requiriera del uso del cerebro, él los representaba y era casi seguro que trajera algún premio, si no la medalla de oro.

Su casa era bastante grande, y tenía un jardín interior amplio, donde siempre que tenía tiempo libre se le podía encontrar con su padre, un aficionado a las plantas, que continuamente estaba haciendo arreglos, arrancando la hierba mala, podando, abonando y todo lo necesario para que luzca de lo mejor. Una labor solitaria que terminó atrayendo a Rudy, como lo llamaba su madre, justamente por eso, porque era solitaria y le permitía estar a solas consigo mismo, concentrándose en su mundo interior y permitiendo que sus ideas fluyan y formen teorías y proyectos que generalmente quedaban solo como un ejercicio mental, una catarsis para relajarse y gozar de su propio mundo interior.

El jardín era vida pura, era un mundo completo que estaba totalmente a su disposición. Había plantas, insectos, caracoles, arañas, aves, vida vegetal y animal bajo su total dominio, lo que en cierta forma lo hacía sentir como un dios que podía manipularlo a su antojo, podía hacer con las criaturas, bichos y plantas lo que quisiera. Sin embargo, su carácter sereno, responsable y maduro le impedía reaccionar como un omnipotente emperador desquiciado, sino como un observador de la naturaleza y de la vida. Y tenía también a su padre, enciclopedia personal que le absolvía todas sus consultas. Una de las tantas fue:

"*Papa: ¿para qué sirve el tallo de las plantas?*"

"*¡Ah! Es una de las partes más importantes de las plantas. Permite trasladar los alimentos extraídos del suelo por las raíces, a otras partes como hojas, flores, frutos, ramas, para que éstas puedan cumplir su función.*"

"*¿Y ese alimento es diferente para cada planta? ¿Por eso las plantas son diferentes?*"

"*No. Esencialmente el alimento es el mismo, pero las plantas son diferentes por razones de evolución natural y adaptación al medio ambiente.*"

¿Entonces el alimento de una planta, podía servir para otra?

Sí. De hecho, por este motivo se pueden hacer injertos de plantas, es decir, sacas la rama de una planta y la pones en otra, y si lo has hecho bien, tendrás una planta con dos tipos de hojas y flores."

Para Rudy, saber esto fue maravilloso, extraordinario, una revelación. Era el comienzo de una etapa en su vida que sería la manipulación de seres vivos, el dominio de la Creación. Sin embargo, él lo veía como una posibilidad científica y no con soberbia omnipotente.

Le pidió a su padre que le enseñara como se hacían los injertos, y éste, un poco dudoso del cómo se desarrollaba la técnica pues pocas veces la había practicado, aunque tenía nociones y alguna información bibliográfica, le pidió que le diera unos días para investigar algo más sobre el asunto, ya que hacía muchos años que no hacía este tipo de trabajos y quería estar seguro de que lo que le iba explicar era realmente lo que debía hacerse, no quería trabajar por gusto ni entrar en confusión.

Sin embargo, el tema resultó más simple de lo esperado, de modo que al día siguiente ya le estaba mostrando lo que tenía que hacer. El padre había leído sobre injertos en rosales, que eran sus plantas favoritas. Con la ayuda de su hijo, seleccionaron un rosal de flores blancas, y luego de seguir todos los procedimientos y protocolos, le injertaron unos tallos de rosas rojas y amarillas. Los siguientes días y semanas, siempre según el procedimiento, siguieron con los cuidados y acciones necesarias para lograr el éxito. Finalmente los injertos se consolidaron, y en los meses posteriores tuvieron un rosal con tres tipos de rosas. Un éxito. Pero el final de esta aventura no solamente fue eso, sino que a Rudy le quedó claro qué era lo que haría el resto de su vida. Si bien es cierto, no había llegado al nivel genético, si había alcanzado a influenciar sobre lo curso natural de la vida, a modificarla, lo cual era la etapa germinal de la manipulación biológica, y eso para él era inspirador, desafiante, motivador.

Con esta experiencia, aun cuando todavía estaba en etapa escolar, se inició para Rudy toda una etapa de experimentación botánica en su jardín.

Hacía todo tipo de injertos: Una gardenia en un rosal, espatofilo en chiflera, galán de noche en ficus. Claro, que gran parte de sus iniciativas no tenían éxito, pero cada vez que lo hacía y lograba que la experiencia diera señales de mantenerse con vida, renacía la esperanza de profundizar en la investigación al ver como el injerto vivía por unos días hasta que se secaba. Sin embargo, la práctica y el estudio de diversas publicaciones y libros de jardinería, le ayudaron a tener con el tiempo mayor efectividad, y mayores probabilidades de éxito. Había mejorado mucho el número de injertos que prendían y permitían apreciar verdadera nueva flora. Según sus apuntes, había avanzado de tener menos de 1% de logros favorables, hasta alrededor de 18%. Y este era ya un porcentaje importante que le daba ánimos para seguir.

Sin embargo, su mente no solo caminaba en este extraño campo, sino que ya estaba corriendo y hasta volando, lo que le permitía percibir que había muchas otras cosas por hacer y descubrir, esta vez entre organismos del reino animal. Decidió que paralelamente a sus trabajos con vegetales y plantas, también lo haría en el otro desafiante campo vivo. Entonces lo primero que hizo fue trabajar con unas lombrices de tierra. Sabía por investigación bibliográfica y por información obtenida de su padre, que estos sorprendentes animales pueden ser cortados en dos y cada parte sobrevive y se desarrolla independientemente con toda normalidad. Escarbando la tierra capturó dos lombrices y cortó una por la mitad, y luego a la otra le hizo una incisión en forma de media luna también calculando más o menos a la mitad de su longitud, y siguiendo las técnicas de los injertos con los vegetales, le implantó una de las mitades de la primera lombriz, sujetándola con unas cintas quirúrgicas que se había conseguido. El resultado fue, luego de unas semanas, una lombriz de tres cabezas. Su primer monstruo.

Había sido un éxito más, y al primer intento, lo cual en cierta forma fue perjudicial, porque eso condicionó a que su mente esta vez sí alucinara cosas más complejas, que si uno se pone a pensar desde el punto de vista de nuestra ética y moral, se deberían calificar como terroríficas, abominables. Ahora vendría algo nuevo, una experiencia Inter regni. Había observado la cantidad de caracoles que se reproducían en el jardín, que se desplazaban muy lentamente dentro de su caparazón, y que dentro de ella había un considerable grado de humedad que podría ser un perfecto hábitat para un ente vegetal. Luego de estudiar algunos gráficos del caracol, procedió a tomar uno y a hacerle una perforación en la zona adecuada del caparazón, y luego de inyectar unas gotas de agua e introducir un brote de alpiste perfectamente lavado, lo selló con cera. Luego lo mantuvo confinado en un lugar del jardín para observación. El gasterópodo vivía al día siguiente con la planta a cuestas, y la planta también consecuentemente. Sin embargo, ésta se fue marchitando y antes de que pasara una semana ambos ya estaban muertos.

Este tipo de espeluznante experimentación continuó en los siguientes años de su etapa escolar con plantas e insectos, en algunos casos con relativo éxito y otros, los más, con resultados necrológicos, pero terminó de influir tremendamente en él desde la perspectiva personal reforzando con claridad su decisión previa de a que se dedicaría el resto de su vida, justamente, a manipular la vida.

Cuando terminó el colegio ingresó a una prestigiosa universidad a estudiar, naturalmente, biología. Siempre aislado, siempre solitario, era un tipo que causaba cierto temor entre sus compañeros por su aspecto casi autista, su mirada fría, su permanente estado de introspección dedicado a revisar sus pensamientos. Los profesores no estaban ajenos a esta situación, pero era altamente respetado por su superior rendimiento académico. Los cursos que llevaba sólo le servían para completar el currículo exigido por el centro de estudios, pues en realidad, él siempre estaba adelantado. Sin embargo, disfrutaba mucho de los laboratorios prácticos, donde podía comprobar en la vida real lo que figuraba en los libros, examinar los diferentes tipos de tejidos vegetales, animales y dentro de éstos los humanos, con la ayuda de instrumentos muy potentes, microscopios electrónicos de altísima resolución, bisturíes, escalpelos, pinzas, hornos, incubadoras, ambientes esterilizados para aislar organismos y todos los equipos a los que no hubiera podido acceder individualmente.

En los últimos ciclos de estudio, y fiel a su espíritu de investigación, quiso hacer su propio experimento utilizando las instalaciones del laboratorio, basado en la abominación que realizó el médico ruso Vladimir Demijoj, de trasplantar la cabeza de un cachorro de perro a otro perro adulto. Para ello, ingresó al laboratorio el fin de semana con una jaula de ratas. Aun cuando a mediodía del sábado los empleados tenían que irse y dejar todo cerrado, cuando lo vieron en ese ambiente quedaron en la duda de acercársele para pedirle que se retire o dar aviso al área administrativa para que tome nota y realice las acciones administrativas y disciplinarias que considerara conveniente. Pero cuando se le acercaron y observaron su diestro proceder con los animalitos, se atemorizaron y fingieron que no habían visto nada para poder alejarse sin que Rudy se diera cuenta y simplemente lo dejaron adentro.

"¡Pobre loco!"

"No le digas nada, parece ser peligroso, no vaya a ser que se ponga violento. Pero hay que avisar al rector.

"Para nada. Yo no he visto nada, y si quieres escuchar un buen consejo, tu tampoco."

Tres horas después, cuando llegó el jefe del programa al laboratorio, el trabajo ya había sido terminado. Una rata de dos cabezas estaba saliendo de la anestesia y empezó a moverse ante la mirada horrorizada de recién ingresado, y la de triunfo contenido del practicante.

Por esta acción, el Consejo de la Universidad debió haberlo expulsado de la casa de estudios, pero no era posible. El alumno era tan brillante que sería contraproducente hacerlo, atentaría contra el propio prestigio de la institución, que ya había recomendado al alumno a varias universidades de Europa, que se estaban disputando el tenerlo como alumno en sus aulas para estudios de post grado, con beca integral, enseñanza del idioma, un puesto en la cátedra que quisiera, y cualquier otro incentivo que les permitiera superar las ofertas de sus competidoras.

La balanza se inclinó por Francia, cuya universidad en París tenía antecedentes brillantes en estudios de medicina, biología, y experimentación. Rudy pensó que era justo lo que necesitaba. Además, que el idioma francés sería más sencillo de aprender, y por otro lado, tenía conocimiento que en la experimentación con animales no se tenía tantos escrúpulos como en otros países. En realidad, la sociedad francesa siempre fue tan liberal y abierta que estaba acostumbrada a no preocuparse demasiado por lo que hicieron desde épocas muy antiguas sus genios científicos, o tal vez estaba tan ocupada en otras cosas, que no le interesaba lo que pasara con los especímenes vivos. En buena cuenta, tenían otros asuntos más importantes que ver, y evidentemente este no era uno de ellos.

Terminó su post grado y también el doctorado, en la misma forma en que lo había hecho en su universidad de origen: brillante. Para esa época ya había logrado prodigios biológicos, como cuando a un perro que había quedado cojo por que fue arrollado por un auto, le extrajo la pata y se la reemplazó por la de un cachorro muerto, y al cabo de seis meses, la pata había crecido a su tamaño normal y el perro recuperó su facilidad de caminar. O como cuando recordando sus tiempos juveniles, y solo por diversión, le injertó la cabeza de una paloma a un hámster. El monstruo vivió solo cuatro días, afortunadamente.

También injertó tejidos animales en arbustos, para lograr su crecimiento y lo logró, de modo que el tejido ya desarrollado podía ser retirado nuevamente, y colocado en un animal, lo que sería de gran beneficio para reemplazar piel dañada. Luego de varios intentos consiguió que no se produjera rechazo. Esta iniciativa sería la solución para la gente que, eventualmente, perdía piel por quemaduras de tercer grado. En varias oportunidades pudo experimentar esta nueva técnica con humanos, haciendo crecer extractos de su propia piel que cultivaba injertándola en alguna planta, para luego mediante cirugía plástica perfecta, reconstruir rostros, y cualquier otra parte del cuerpo.

Pero trabajar con órganos internos fue también sencillo para él. Había desarrollado una "granja" para órganos humanos destinados al trasplante por razones médicas. Consistía en un cuarto totalmente aséptico, en el que había cuerpos de diversos animales: monos, osos, cerdos, y otros, los que habían sido cuidadosamente descerebrados y eran mantenidos con vida mediante sondas, y que además tenían varias incisiones de donde aparecían terminales nerviosos, y de venas y arterias, a cada uno de los cuáles se podía conectar un órgano humano al que se quería mantener vivo para destinarlo a alguien necesitado. Todo por supuesto a nivel de experimentación. Aunque ya había logrado salvar varias vidas, no todo había sido éxito y se habían producido rechazos de los órganos que habían determinado regresar a los pacientes sus vísceras enfermas con las cuáles volvían a su condición inicial. También, trágicamente, aunque de alguna manera se mantenía en el más estricto secreto, hubo fallecidos. Sin embargo, como los deudos habían recurrido a él como una posible y desesperada oportunidad de vida, comprendían el riesgo que estaban afrontando y mantenían también en secreto el infausto suceso, ya que, en todo caso, ellos también habían sido partícipes del irregular procedimiento. En el fondo, y como un argumento adicional para lavar conciencias, para pacientes tan enfermos como habían sido los fallecidos, la muerte resultaba una situación menos dolorosa.

El espeluznante espectáculo comprendía órganos como corazones sumergidos en un líquido amarillento y conectados a un animal, para que sea alimentado con sangre y a la vez reciba las órdenes cerebrales que debía seguir latiendo. Riñones, cumpliendo la función de limpieza de la sangre, pero como un circuito redundante al principal del cuerpo huésped. Hígados, bazos, intestinos, ojos, y hasta un cerebro. Había pensado colocárselo a un animal pera ver como reaccionaba el injerto, pero créanlo o no, aún tenía ciertos escrúpulos cuando se trataba de órganos humanos. En realidad, sería cuestión de tiempo para que tome esa extrema decisión. La experiencia enseña que un científico, a la corta o a la larga, supera sus sentimientos éticos y morales cuando se trata de lograr un fin superior.

También habían injertados brazos, manos, piernas, dedos, orejas en animales en estado latente, que se mantenían frescas y lozanas mediante técnicas especiales que había ido desarrollando para evitar que los antígenos del cuerpo receptor los rechazara al momento del implante.

Esta escena, que para el común de la gente sería de horror, tan bizarra que sería inimaginable, para él estaba totalmente justificada por el fin altruista que se buscaba, por el beneficio que tendría para la humanidad. Y ese era el objetivo que finalmente impulsaba sus acciones: el avance científico en el campo biomédico, que aunque siendo un avance sin precedentes en la historia de la investigación, serviría seguramente como punto de partida para nuevos y mejores desarrollos que en ese momento él mismo ni siquiera imaginaba.

El paso siguiente a los injertos, que era, digamos, la manipulación a nivel macro de los seres vivos, era la microbiología, que vendría a ser el manejo de células animales y vegetales, a nivel de ADN y cromosomas a fin de obtener células distintas que incorporaran las características más importantes de los aportantes, o que permitiera reforzar alguna función que se deseaba potenciar. En este campo también había desarrollado en base a la experimentación un conocimiento superior pues lo complementaba con teorías que venían de trabajos anteriores, de fracasos que habían hecho que se olviden tanto a ellas como a sus autores, pero que representaban avances para aquellos que como Rudy tomaban la posta del conocimiento, se subían en los hombros de quienes que no lo lograron, pero que habían dejado un camino premonitor.

Había diseñado células manipuladas genéticamente, con las que pudo desarrollar diversos tipos de tejidos: uno, por ejemplo, que lo tenía en envases con una especie de suero anaranjado y ventilación forzada, que producía sangre humana, con el factor RH y el tipo que se requiriera; otro producía insulina, que ya había sido probada en seres humanos con los resultados favorables esperados. Sin embargo, no podía difundir su uso por razones económicas, porque aún sus productos resultaban todavía muy caros y todavía tenía que desarrollar una tecnología que los hiciera más asequibles; pero también por razones éticas pues los productos aún no habían sido presentados ni aceptados por la comunidad científica. No era el momento de hacerlos de conocimiento de la opinión pública, pues el uso de estas repugnantes técnicas para la producción de las preciadas sustancias, aun cuando fueran para su propio beneficio causarían más perjuicios que beneficios a la labor que estaba desarrollando. Pero él era un científico, y no un empresario, de modo que no era un tema que le preocupara el qué dirán, mientras pudiera seguir avanzando en sus investigaciones

Desde hacía un tiempo, a raíz de un caso muy mediático por tratarse de una artista del espectáculo que había fallecido por cáncer, se interesó por desarrollar la cura. El cáncer era concretamente la generación descontrolada de células que no siguen el patrón que les dicta el ADN, y que en determinado momento pueden infectar, por decirlo de algún modo simple, otras células. El tratamiento con cobalto radioactivo o la quimioterapia tiene por finalidad destruir estas células, pero con el inconveniente que al ser introducido en el cuerpo, ataca también células sanas y provoca el debilitamiento de la persona.

La solución que se planteó Rudy fue la de diseñar un ser vivo que se introdujera en el cuerpo, y que selectivamente se comiera, literalmente, cuanta célula cancerosa encontrara. Ese fue la idea general que debía desarrollar.

Se imaginó una lombriz del tamaño adecuado, que penetrara en el cuerpo humano, y que luego de cumplir su misión, pudiera ser a su vez ingerida y digerida por el propio cuerpo.

Luego de buscar quién podría desempeñar esta misión, encontró que el parásito obligado del GBG, Cochliomyia hominivorax, ese gusano barrenador que se caracteriza porque las larvas se alimentan al fondo de las heridas abiertas de cualquier huésped de sangre caliente. Ya tenía al vector. Pero dentro de los supuestos con los que trabajaba, estaba el que al introducir al bicho en el interior del cuerpo se iba a producir el ataque a las células infectadas del órgano, lo cual causaría sufrimiento y trauma al receptor. La solución era dotarlo de una nueva característica que le permitiera anestesiar selectivamente la zona que iba devorando, y para ello, aplicando sus conocimientos y su sesgo de manipulación inter-regni, se decidió por la Acmella oleracea conocida como spillantes, que genera un anestésico y analgésico muy efectivo. Y por supuesto, el llantén, para que se cicatrice automáticamente las zonas en tratamiento.

Así comenzó en primera instancia la manipulación, a nivel celular, de las larvas de CBG y de la Acmella oleracea, para modificar sus ADN, para incorporar la capacidad de generar una secreción anestésica a la vez cicatrizante cuyo origen sería el llantén. Manipular y sintetizar dos seres del reino animal y uno del vegetal, sería algo inédito, sublime, un proceso científico sin precedentes. Para Rudy sería su máximo desafío.

Como es el proceso en estos casos, el desarrollo sería por prueba y error, corrección y nueva prueba.

Reunió un equipo de trabajo con jóvenes estudiantes y colaboradores para obtener las larvas, y las plantas, y luego empezaron los trabajos para aislar los ADN de animales y planta, y finalmente el trabajo más fino de identificar genes. Luego la manipulación de genes del spillantes, para incluirle uno que determine la segregación de anestésico y cicatrizante. Desafortunadamente, las larvas mutaban y morían, pero como tenía miles de ellas, podía seguir experimentando en forma incesante, nutriéndose de la información que iba obteniendo. Luego de tres meses, por fin encontró un prototipo, que además había sido modificado para que sólo se alimentara de células cancerígenas hepáticas.

Y entonces, pasaron a la práctica: introducir al mutante en el cuerpo de un ratón, un mono y un gato a los que se les había inducido la generación de cáncer al hígado. El experimento iba bastante bien en los tres animales, pero lo que no se había medido fue la voracidad y la velocidad de reproducción del nuevo spillantes. Aun cuando los receptores no habían sido anestesiados, no sentían dolor por efecto del intruso, y por eso es que no dieron mayor señal de sufrimiento cuando por la velocidad a la que eran devorados internamente al poco tiempo se fueron encogiendo, arrugando y desapareciendo.

¿Qué había pasado? Si bien inicialmente el alimento era exclusivamente el tejido hepático canceroso, no se había contado con el instinto de supervivencia del spillantes, que rápidamente modificó su dieta hacia células normales del hígado, y luego a cualquier otra, y eso propició la rápida reproducción y el colapso de los mamíferos.

De los animalitos, sólo quedaron unas bolas de pelos, y miles de larvas saliendo por todos lados. Eso sí, no había ni una gota de sangre, no habían desperdiciado absolutamente nada que pudiera ser alimenticio. El lado positivo fue que por un lado se comprobó que los animales nunca sufrieron dolor con lo cual se demostró que el anestésico biológico funcionaba a la perfección, y la ausencia de sangre líquida, aparte de que seguramente se la habían comido, también indicaba que había sido coagulada y cicatrizada rápidamente por las secreciones del bicho. En conclusión, todo funcionaba, aunque había que hacer los ajustes para circunscribir su acción al objetivo.

Había que reiniciar la manipulación a partir de esas larvas mejoradas, y hacer los cambios que se necesitaban. La observación de los resultados hizo llegar también a la conclusión de que se necesitarían varios tamaños de larvas, para utilizar las grandes para el trabajo de fagocitación inicial, y luego otras más pequeñas para el trabajo "fino".

De modo que se reinició el proceso genético para hacer cambios tanto en el tamaño de los parásitos, como en la imposibilidad que pudieran cambiar el tipo de alimento para el que estaban siendo diseñados. Y también para modificarlos reduciendo su vida media de modo que luego de realizado el trabajo de limpieza celular, murieran y dejaran de ser una amenaza. Y lógicamente, anulando su capacidad de reproducirse para que no inundaran el cuerpo en tratamiento con sus descendientes.

Estos cambios evidentemente iban a tomar otro tiempo bastante prolongado hasta hallar los genes del crecimiento, de reproducción, de la tolerancia a determinada alimentación y de vida promedio, y así fue que Rudy, como siempre vehemente en obtener resultados, impulsaba a sus colaboradores a mantenerse diez, doce, veinte horas diarias tratando de llegar al objetivo, prácticamente sin salir del laboratorio, apenas para alimentarse, hacer sus necesidades biológicas, y dormir un poco de cuando en cuando. Un poco, sí, porque en cuanto Rudy notaba su ausencia los iba a buscar cual cómitre a los galeotes para que retomen la investigación.

El mismo no salía por ningún motivo, le traían sus alimentos a laboratorio, los cuáles ingería en medio de tubos de ensayo, matraces, tejidos sangrantes, animales en coma, y todas sus horripilantes criaturas.

Hasta que al fin, debido al cansancio extremo, una noche se quedó dormido. Nadie se atrevió a tocarlo por temor a despertarlo. Sabían que si esto ocurría, nuevamente tendrían que ponerse a trabajar, y era lo que menos deseaban. Salieron sigilosamente, y se fueron a sus casas para descansar como se debe. Nunca pensaron abandonar a Rudy en el proyecto, pero tenían que reponerse de las largas jornadas de investigación.

Pero por el apuro, habían cometido un descuido fatal: alguien había dejado mal sellado un depósito de las voraces larvas, que si bien tenían alimento, la velocidad con la que se reproducían hacía que éste desapareciera a las pocas horas. Y por esa sensibilidad especial que tienen estas criaturas, detectaron que existía otra fuente de alimento que evitaría su extinción: Rudy.

Las larvas fueros saliendo de su depósito, lentamente, pero con dirección definida. Parecía que había una comunicación propia de este tipo seres, telepática, ultrasonido, wi fi o algo, porque actuaban en conjunto, como un bloque. En ese momento, Rudy empezó a despertarse, y vio que se dirigían hacia él, pero éstas ya habían soltado su perfume anestésico que lo fue adormeciendo. Quiso correr, pero solo alcanzó a dar unos pasos y cayó. No había nadie para auxiliarlo. Entre nubes vio que la primera larva le subía por la mano en dirección a su rostro, y luego otra, y otra, y otra. Todo un ejército.

Lo fueron penetrando por diversas partes del cuerpo, pero no había dolor ni brotaba sangre. Serían las dos de la mañana, así que nadie vendría hasta dentro de unas cuatro o cinco horas por lo menos. Había tiempo suficiente para su total destrucción.

Las larvas, inconscientes e insensibles de que estaban devorando a su creador, a quien les dio la vida, continuaron con su devastación.

Al día siguiente, cuando regresaron sus primeros colaboradores y entraron al laboratorio, encontraron que éste estaba infestado de larvas que estaban devorando todos los animales de experimentación, los descerebrados, los tejidos, todo. Pero afortunadamente percibieron el olor anestésico. Uno de los científicos casi se cae adormilado, pero fue retirado a tiempo. Cuando regresaron con máscaras antigases y equipo para destruir a los bichos, vieron en el piso una bata y un esqueleto. Eran huesos absolutamente limpios.

Afortunadamente, las que le tocaron en suerte a Rudy no estaban preparadas para comer hueso, y Rudy pudo ser identificado por un odontograma. Y por el nombre bordado en el mandil.

La marrana

Vivir en un caserío tiene sus ventajas y sus desventajas. La paz que se goza es absolutamente incomparable, y el estar totalmente aislado de los vecinos también es un factor muy apreciado. No es un infierno grande porque ni siquiera llega a ser un pueblo chico. Las viviendas están separadas por el límite de las propiedades que son ranchos o haciendas y solo los domingos la gente se encuentra en el pueblo para hacer las compras de la semana o para asistir a los servicios religiosos y también para socializar.

Lo malo es que este aislamiento convierte a las personas en hurañas, poco dispuestas a conversar, de modo que en pocos casos se conocen las intimidades de los vecinos o los asuntos que están vivenciando en forma franca y directa por información propia de los protagonistas, sino que en la mayoría sus paisanos se enteran a través de lo que se está diciendo de ellos, es decir, por rumores y chismes. Porque de que hay gente que llena su tiempo hablando e inventando cosas de otros, la hay. Es como una especie de literatura hablada en la que el autor encuentra un tema y lo desarrolla de la mejor manera y lo llega a convertir en una leyenda, que se transmite oralmente hasta que finalmente se descubre su falsedad o hasta que aparezca otro asunto más interesante. Ni más ni menos que los actuales programas de televisión conocidos como realities, en los que uno se tumba al otro dependiendo del mayor interés que despierte en los televidentes.

Pochola era ya una mujer hecha y derecha, había culminado con éxito las más grandes expectativas de su vida al haberse casado con Prudencio, un fornido campesino extremadamente laborioso que había venido de visita desde otro poblado a una de las fiestas de la comunidad y en la que la había conocido circunstancialmente cuando la reunión estaba en su apogeo y el licor ingerido por los asistentes eliminado las inhibiciones y hecho a la gente más amigable y risueña, de tal modo a pesar del recelo de los otros habitantes por el extranjero, se consiguió quedar en la reunión recibiendo un trato amistoso por demás. Y poco a poco se fue acercando a Pochola hasta hacerla su novia y luego su esposa.

Y sin habérselo propuesto, o quizá ella ya lo había calculado, lograron una simbiosis muy favorable para ambos: él se dedicó a cultivar los campos que ella había heredado como hija única, con tal maestría y dedicación que logró incrementar sustancialmente la producción de verduras, legumbres y frutos. Y ella pudo retirarse de la labor de campo para dedicarse a su hogar, que fue bendecido por dos hijos, los dos primeros.

Esta situación la había puesto en una ventaja, digamos social, sobre las otras mujeres casadas del caserío, que tenían que trabajar codo a codo en la agricultura con sus maridos e incluso con sus hijos mayorcitos para poder conseguir cosechas que les permitieran sobrevivir. Lo único que tenía que hacer ella por su marido era levantarse de madrugada para prepararle su desayuno, y algo adicional para que se llevara al campo, y luego esperarlo de regreso cuando llegaba el anochecer. Eso le permitía luego que él se iba a realizar su faena, quedarse a dormir un rato más para luego dedicarse a sus hijos, a su casa, y hasta tiempo le sobraba para bajar todos los días al pueblo para hacer alguna comprita, o solamente para darse una vuelta y ver como estaban las cosas.

De lunes a viernes el pueblo parecía un lugar abandonado, casi un cementerio, cuya plaza principal, como es normal, tenía edificaciones notables a su alrededor como son la parroquia, la alcaldía, la comisaría y otros edificios que servían como viviendas, o tal vez un taller de textilería o artesanía, todos prácticamente vacíos, y que constituían la parte principal y casi única del centro poblado. De ahí la expresión "Voy a bajar al pueblo" cuando de los caseríos venían a este lugar. Pero estas venidas durante días laborables eran tan esporádicas que era muy difícil ver a alguien caminando por las callecitas de tierra, lodo y charcos.

En la comisaría podía verse a un policía dormido sobre el escritorio, probablemente recuperándose de una mala noche en la que quién sabe que estuvo haciendo, y la carceleta abierta sin ningún prisionero adentro. Tal vez no había ningún detenido por el momento o quizá el efectivo lo había mandado a hacer un encarguito.

Como en todo pueblo chico, en la plaza principal, además de los edificios que se ha mencionado, frente a la iglesia se ubicaba la bodega del pueblo. Así como se oye, la bodega del pueblo, porque era la única. Allí se suministraban productos que venían de la ciudad cada cierto tiempo, en adición a los diversos productos del campo que traían los pobladores, que en muchos casos eran negociados mediante el mecanismo del trueque. Era algo así como una cámara de compensación bancaria donde se hacían los canjes.

En la bodega tampoco parecía haber nadie. Lo que sucedía es que Carola, la dueña, estaba siempre en el interior cuidando a sus hijos pequeños, y sólo cuando sentía que la llamaban de la tienda, salía con un bebe en brazos y el más grandecito, de la mano. El marido nunca estaba porque también realizaba labores en la chacra, pero con el negocio de abarrotes se agenciaban de algún dinerito extra que nunca sale sobrando.

Pochola había ido ese día al pueblo a comprar un poco de azúcar y fideos para cocinar, y pudo ver que en la bodega había un movimiento diferente al usual. Aparte de que las paredes estaban pintadas, había ropa nueva encima de un estante que se veía desde afuera. Parecía que iba a haber una fiesta o algo. Y efectivamente, eso era:

"¿Que van a hacer, ah?" preguntó mientras señalaba con la mirada la ropa.

"*Es que el domingo se bautizan mis hijos. Vamos a la iglesia y de allí va a haber una fiesta. Estaba por mandar a mi marido para que te invite, pero se me fueron pasando los días. Vente pues, con el Prudencio, como a las diez.*"

¡Qué tal atrevimiento! ¡Cómo se había permitido hacerle eso a ella si se conocían desde chiquitas! Se dio cuenta, o por lo menos esa fue la idea que se le fijó en la mente, que lo había hecho a propósito: no la quiso invitar, la estaba desairando.

Pero la verdad era que Pochola le caía bien antipática. Se daba unos aires de gran señora solo porque no tenía que trabajar, y cuando venía los domingos a la feria, miraba a todos por debajo del hombro, como sintiéndose superior, y tratando a los demás como si ella fuera la dueña del pueblo. A algunos ni los miraba, y a otros los trataba con una conmiseración como si fueran unos insignificantes paisanitos que necesitaban de un cariño hipócrita, o cariño malo, como dice la canción. Pochola sentía que ella estaba en otro nivel, y los demás deberían sentirse gratificados con que ella se pasee por el pueblo los domingos. Pero ese sentimiento que tenía era alimentado por muchos varones, que cuando Prudencio se descuidaba o se alejaba por alguna razón, no dejaban de galantearla y piropearla, y darle muestras de estar a sus órdenes, para lo que se ofreciese mandar.

Y es que la Pochola era guapa, con sus treintaitantos años era realmente una mujer muy atractiva. Era alta, robusta, de ojos negros y almendrados, pelo largo y bien cuidado (seguramente porque le sobraba tiempo para peinarlo, lavarlo y repeinarlo), y eso despertaba la envidia de otras damas en el buen sentido y también en el mal sentido. Esto último, más la actitud solícita de los hombres, muchos de ellos casados y con hijos, alimentaban su ego y la hacían sentir más que en las nubes.

Pero por otro lado, también eran la fuente de comentarios, o más propiamente, de chismes referidos a su comportamiento. En realidad, cosas que se decían pero que nadie había comprobado, ni se podrían de ninguna manera demostrar porque eran absolutamente falsos.

Ahora que la Pochola no se quedaba atrás en dimes y diretes: si ella recibía un golpe, devolvía dos. Siempre se enteraba de los chismes, porque ¿qué sentido tendría para las chismosas que ella no se enterara, si de lo que se trataba era de hacerla sentir mal? Alguna confidente de alguna manera le hacía saber lo que se decía de ella, aunque lo que no quedaría nunca totalmente claro era si lo hacía de buena o de mala fe. Probablemente era lo segundo.

El tema sobre el que giraban las habladurías era mayormente referido a si alguna le había puesto cuernos a su marido o si su marido le había puesto cuernos a ella, y si era soltera, que si se le había visto en situación comprometida con algún hombre. Y con esto se cubría más del ochenta por ciento de la agenda de las noticias habladas del pueblo.

En los siguientes minutos, Pochola se quedó maquinando la forma de darle el vuelto y concluyó que una forma de devolver el golpe que había recibido con el desaire evidente de Carola, era hacer una fiesta más grande y ruidosa, y con un despliegue de poder que dejara con la hiel hirviendo a sus detractoras y sobre todo a su "amiga". Y lo que iba a aprovechar era que sus hijos tampoco estaban bautizados, lo que constituiría la ocasión ideal, porque para una misma celebración ella haría algo monumental.

Por supuesto que asistió al bautizo de los hijos de Carola, para ver qué había organizado de modo que pudiera superarlo. Primero fue la visita a la iglesia, donde se iba a oficiar la ceremonia religiosa, en la que el párroco iba a realizar un bautizo comunitario. Ahí estuvo al lado de Prudencio, que no se hacía ningún problema con los pobladores, a quienes saludaba y era saludado amistosamente. El hombre también destacaba por tu tamaño y corpulencia, pero también por su carácter pacífico. Por eso cuando llegaron, al portal de la iglesia, y se escuchó el comentario anónimo: "Hoy trajo a su toro." Él simplemente sonrió asumiendo que se referían a su potencia física, pero Pochola lo tradujo de otra forma, dándole la acepción del que lleva cuernos en la frente. Pero disimuló.

Después de la ceremonia, en la que se bautizaron diez muchachitos, vino la fiesta, así que con su pareja se dirigieron a la casa de

Carola, para dar un vistazo. Pochola comentó a la dueña de casa, al momento de entrar:

"*¡Qué bien has decorado la bodeguita! Seguro que el cura ha aportado. ¡Como él ha tenido que ver mucho en el bautizo!*"

Si se revisaba cuidadosamente la frase, saldría a la luz que el mensaje encriptado era reforzar el comentario que ella misma había hecho anteriormente de que uno de los hijos de Carola se parecía físicamente al cura y que algo tendría que ver que ella se quedara en el pueblo sola en la bodega, cuando su marido salía al campo. Y agregó para que no quedara dudas:

"*Claro, como es tan devota y va tanto a la iglesia a hacer penitencia.*" Asegurándose de hablar lo suficientemente alto para que la escucharan las personas alrededor, que habían estado a la expectativa porque sabían que algo iba a decir. Y se metió rápidamente hasta el patio. Había una orquesta, bastante cerveza, y ni que decir de la comida: ¡parecía que duraría para toda la semana! Había de todo, chancho, carnero, patos, gallinas, y papas, menestras, realmente de todo. Por este lado sería difícil de superar.

Pero Pochola pensó en algo diferente, único. Le pediría al párroco que bautice a sus hijos en su casa, un lujo que nadie antes se había dado. ¡Nada de bautizos comunales! Eso era para la gente común. Como la fiesta todavía tenía para largo, probablemente se amanecerían bailando o tal vez seguirían hasta la tarde o hasta el día siguiente, si les daban las fuerzas, Pochola decidió retirarse. Lo agarró del brazo a su marido y se lo llevó casi arrastrando. Prudencio se dejaba, porque le tenía mucha ley. Cuando pasó cerca de Carola, se despidió con un "*Linda tu fiestecita, seguro que vas a tener que trabajar bastante para pagar las deudas, ¡o ir a la iglesia para recibir ayuda divina!*"

Pero Carola no se quedó callada, y respondió automáticamente "*Yo trabajo y con eso me doy mis gustos. ¡Otras solo tienen que mover la cola!*"

Ya en su casa, Pochola tuvo que explicarle a Prudencio el significado de las palabras de despedida. Pero él no veía nada de malo en lo que le habían dicho. Ella dejó entonces el tema secundario para ir al de fondo: quería una fiesta en su casa con bautizo incluido para dar los sacramentos a sus hijos. Necesitaba dinero para organizar todo y para convencer al párroco que viniera a su casa a dar los santos oficios como nunca se había hecho en el caserío. Eso sí sería un golpe durísimo para sus detractoras, y una muestra de su supremacía.

Prudencio pensó que, en el fondo, se trataba de sus hijos a quienes quería tanto, y si ella se encargaba de organizar todo, entonces no tenía ninguna objeción. Quizá tendría que aportar algo más de limosnas para dar a la iglesia, pero no tenía problemas. El año había sido favorable, tenía dinero extra, y sus animalitos se habían multiplicado y estaban bien gorditos. Si le regalaba algunos a la iglesia, no se vería afectado, y además lo más probable es que eso le traería más bendiciones. Así que aceptó.

Al día siguiente, después de terminar sus labores matinales y descansar un poco, Pochola se fue al pueblo para hablar con el padre Remigio, un sacerdote que había nacido en el caserío y se había ido a la ciudad a estudiar una carrera universitaria, pero había sido llamado por la fe, lo que lo llevó a abandonar sus estudios, la vida mundana y a ordenarse de religioso, y posteriormente a su pedido había sido asignado a su propio pueblo para dar asistencia espiritual tan necesaria en estos tiempos.

El padre Remigio la escuchó tranquilamente. Eran prácticamente de la misma edad y habían compartido juegos desde niños y también fiestas cuando fueron jóvenes, hasta cuando él decidió emigrar. Así que la conocía bien, sabía de su afán protagónico y de su soberbia. Y él, como pastor, tenía la obligación de corregir a su rebaño. De manera que la respuesta fue una negativa rotunda. Él solamente daría sacramentos fuera de su iglesia cuando se tratara de santos óleos a moribundos. Todos los demás serían iguales para los miembros de su comunidad, porque todos eran hermanos ante Dios, y no había por qué hacer diferencias, sobre todo cuando el motivo era subalterno.

Pochola trató de convencerlo, primero amistosamente, y casi rogándole haciéndole acordar de la infancia que habían compartido. También pidiéndoselo como un favor especial y toda suerte de fundamentaciones que trataban de tocar las cuerdas sensibles del cura, referidas a la amistad, a la niñez, a que sus hijos necesitaban bautizarse, a que ella quería hacer algo bonito que a la vez sirviera para beneficio de la iglesia porque ella y su marido estaban decididos a ser muy generosos. Pero el padre Remigio no aceptó.

La siguiente etapa fue la de ofrecer dádivas. A sabiendas que la iglesia necesitaba recursos para socorrer a los más desvalidos, Pochola tenía la seguridad que conseguiría su objetivo. Algo de limosna reforzada, algunos carneritos y ovejitas, varias gallinitas y hasta un cerdito. Si hubiera sido necesario, Pochola hubiera ofrecido todo el corral, pero antes que siguiera subiendo la oferta, el padre Remigio la amonestó: *"Los sacramentos se dan, no se compran. ¡No te equivoques porque estas cometiendo pecado!"*

Entonces comenzó la tercera etapa. Ya Pochola había perdido el control. Le insinuó lo más claramente que pudo lo que se rumoreaba de él y no solamente con Carola, sino de muchas otras feligresas que pasaban por su confesionario y terminaban en su celda, y que eso se haría público si no accedía a su pedido. Pero lo único que consiguió fue que la invitara a salir de la iglesia, y una nueva y rotunda negativa a acceder a su pedido.

Pochola empezó entonces una campaña demoledora para deshacerse del sacerdote que no le hacía caso. No solo comenzó a reforzar y desperdigar el rumor que el padre Remigio tenía relaciones carnales con algunas, muchas mujeres del caserío cuando iban al pueblo, sino que lo hacía aprovechándose de su inocencia o amenazándolas con divulgar los secretos de confesión. Además, que el dinero recaudado de las limosnas lo usaba para beneficio propio y no para los menesterosos, que se había enterado que tenía una doble vida y que había comprado una casa en la ciudad donde tenía mujer e hijos, y cualquier otra infamia que se le ocurriera. Lamentablemente, en estos puebles chicos, uno de los deportes favoritos es el de soltar la lengua para divertirse, y la gente, aunque no tenían ninguna prueba de lo que pasaba, ayudaban a difundir los infundios.

Al padre Remigio no le quedaba otra opción que tomar una decisión para salvaguardar el respeto que debía tenerse por la iglesia, y un lunes se fue a la capital para hablar con el superior de la iglesia para contarle lo que pasaba, y pedirle apoyo. El arzobispo Juan Luis lo reconfortó, le dijo que estaba muy contento con su trabajo y que lo necesitaba para otra misión mayor, que aunque significaría alejarlo de su pueblo, iría a una congregación mucho más grande que necesitaba de un pastor tan íntegro como él. Así que regresara a su pueblo, a donde iría acompañado de un sacerdote que lo reemplazaría, recogiera sus cosas y regresara.

Fue así que el siguiente jueves regreso al pueblo en compañía del padre Iñaki, un sacerdote español que hacía un mes y días había llegado al país y estaba a la espera que le asignaran una parroquia, y ahora, aunque había pasado poco tiempo, tendría una propia en la que desarrollaría su labor eclesiástica. Pero no era nuevo en estas lides, ya había encabezado otras parroquias no solamente en su país sino en otros lugares a los que fue enviado, así que aun cuando era un hombre maduro, joven relativamente, que se acercaba a los sesenta años, sabía la idiosincrasia de los pueblos y cómo manejarlos. Por otro lado, desde el punto de vista humano, tenía el inconveniente carnal de tener un físico atlético, ser alto, poseer barba entrecana muy varonil, y ojos verdes. Era casi un artista de cine.

Afortunadamente ese día, por ser jueves, no había mucha gente, y ambos pudieron llegar a la parroquia con toda calma e instalarse. El padre Remigio le pidió al nuevo que le permitiera acompañarlo el domingo a la misa para despedirse de sus feligreses y a la vez presentarlo, lo cual era un acto de cortesía que fue muy apreciado.

El día domingo se produjo una conmoción durante la celebración de los oficios religiosos, y no tanto por la despedida del padre Remigio, que más bien era esperada por todo lo que injustamente se había dicho de él, sino por la notoria presencia del sacerdote español, sobre todo entre la población femenina que observaba muy complacida la diferencia entre uno y otro. En el aspecto mundano, habían salido gananciosas. Y se podía notar en la forma en que se le quedaban mirando, un poco menos pero muy cercano a lo pecaminoso. En los varones, causó incomodidad la reacción de ellas, porque veían un arquetipo difícil de igualar, y aunque formalmente no era un competidor porque tenía puestos los hábitos religiosos, eso era sólo en teoría, porque en la práctica es conocido que *spiritus quidem promptus est caro autem infirma*, o mejor dicho en castellano, había que estar con los ojos abiertos, por si acaso.

Y no vamos a decir que fueron todas las damas, porque sería ofender al pueblo, pero desde la llegada del padre Iñaki, se desató entre algunas de ellas una necesidad sin precedentes de confesarse, que por poco hacía colapsar el confesionario. Aunque cierto es que esta turbulencia inicial fue disminuyendo con el tiempo, y las aguas fueron regresando a su nivel.

El padre Iñaki, como se ha dicho, tenía experiencia en cómo manejarse en esos pueblos, y con sus actitudes y los sermones dominicales paulatinamente fue logrando que su presencia sea solo vista como lo que debía ser, un sacerdote tratando de llevar a su rebaño por la senda del bien y la concordia.

Sin embargo, el incendio no terminaba de apagarse para algunas señoras, entre ellas Pochola, Carola y otras que revoloteaban por la iglesia cada vez que podían para, supuestamente, o digamos mejor, seguramente realizar labores de apoyo social dirigidas por el sacerdote.

No faltaban flores para adornar al Cristo crucificado, ni a las imágenes de los santos. Siempre había damas los domingos para hacer las ofrendas, acompañadas por sus padres o por sus esposos.

Cuando se trataba de hacer actividades en pro de los más necesitados, había voluntarias que ayudaban a preparar y distribuir viandas. Se organizaban vigilias y procesiones que contribuían a elevar el espíritu religioso de la comunidad.

Fue aquí que Pochola le pidió una audiencia para solicitarle lo del bautizo de sus hijos en su casa, como una cosa especial teniendo en cuenta todo el apoyo y colaboración que había estado brindando. Esperaba lograr esta vez un resultado positivo, teniendo en cuenta que el sacerdote era nuevo en el pueblo, y posiblemente no tuviera todavía muy definida la forma en que administraría este tipo de sacramentos. En esta reunión, el padre Iñaki todavía no decidió nada y solo le dijo le dijo que iba ver las posibilidades de que pudiera acceder a su pedido, y que más bien viniera otro día para terminar de tratar el tema.

Faltaba puntualizar que además del espíritu de colaboración que había inspirado el padre en la comunidad para apoyar las actividades religiosas, también se generó competencia desleal para figurar como la que más colaboraba con el padre Iñaki. Y además de comentarios que trataban de descalificar la labor de las otras, en el sentido que alguna u otra cosa no estaba bien hecha, o era deficiente, como que las flores que ponían en los altares no estaban frescas, o que la comida que se estaba donando no estaba en buen estado, o que la limosna que se entregaba era ínfima con relación a los ingresos de la familia donante, empezó a recrudecer nuevamente la pésima costumbre de desperdigarse rumores sobre la honorabilidad de las damas y sus relaciones prohibidas con el sacerdote.

Esto fue motivo de una amonestación que hizo el padre Iñaki en uno de sus sermones. Él se había enterado de lo que se transmitía de boca en boca porque ya le había sucedido en otras ocasiones, y sabía que tendría que actuar muy drásticamente para cortar de raíz la cadena rumores y chismes, así que ese domingo habló fuerte y claro, hizo las reconvenciones y admoniciones, habló sobre el pecado, el castigo que supondría si se continuaba con las habladurías, y sobre todo, que debían alejarse los malos pensamientos que les eran inducidos por el demonio porque el castigo final sería sufrir en el infierno por toda la eternidad.

El discurso fue muy claro y en algo logró detener el problema. Sin embargo, hubo un suceso que reavivó los comentarios y dudas: un viernes en la madrugada, Carola se despertó más temprano que de costumbre, porque uno de sus hijos se había sentido un poco mal con dolores estomacales, seguramente por algo que había comido. Luego de atenderlo, se asomó por su ventana y vio una silueta como de mujer, que se iba corriendo hacia la iglesia. Eso la intrigó, así que se quedó vigilando. Como tres cuartos de hora después, la misma silueta, salió corriendo y se fue por uno de los caminos de salida del pueblo, y aunque Carola salió lo más rápido que pudo a la puerta de su casa para tratar de ver de quién se trataba, no la pudo alcanzar y el asunto quedó temporalmente en el anonimato.

Y nuevamente comenzaron los rumores sobre la conducta del religioso, esta vez con algo más tangible como era la visión de Carola, que juraba que era real, de carne y hueso lo que había visto, y aunque tenía la casi seguridad de quién se trataba, la oscuridad del momento y la lejanía no le permitieron ver la cara de la mujer que corría. Ella sabía que si pronunciaba el nombre de su enemiga, lo único que conseguiría sería perder credibilidad porque todos pensarían que se trataba de calumniarla en vista del éxito que estaba teniendo en conseguir que el padre Iñaki accediera su pedido del bautizo domiciliario.

Pero nuevamente la ola iba creciendo y llegó otra vez a los oídos del sacerdote, quien a pesar de sus votos religiosos de mansedumbre, paz y comprensión, se encolerizó de tal modo que en los siguientes servicios religiosos del domingo, luego de la Eucaristía, nuevamente lanzó una afilada y contundente llamada de atención a los feligreses, con una última amenaza:

"Y oz digo, que no zolamente el castigo que recibiréis será en el infierno, sino que si continuáis esparciendo esas sandeces, el mismo zatanás se oz aparecerá en persona para haceros pagar por ezte pecado."

Y dicho esto se retiró del púlpito, no dando tiempo a que se le acercaran para saludarlo, como era la costumbre. Había hablado con tal convicción que la gente se quedó paralizada, helada, ni siquiera se movió de sus asientos por unos minutos. Luego, en silencio, se fueron retirando realmente impresionados, con tal susto que para sus adentros prometieron inmediata enmienda.

Solo Carola no estaba convencida. Sabía que había visto a una mujer y si estaba diciendo la verdad, no era pecado. Así que decidió que iba a demostrar que no mentía.

Al día siguiente, se levantó antes de la madrugada y se acercó a su ventana, y se quedó observando hasta el amanecer. No vio nada.

Al alba siguiente día hizo lo mismo. Pero esta vez a lo lejos vio una especie de cerdo gigante que caminaba sobre sus patas traseras, erguido y tambaleante, dirigiéndose hacia la iglesia, con unas pequeñas luces en las patas que parecían fuegos del infierno. De un grito despertó a su marido, que todavía medio dormido se acercó rápida y aparatosamente a la ventana y pudo ver al cerdo, que aparentemente los había escuchado, y volteó para mirarlos con unos ojos vacíos y muertos.

"¡Viste, mujer!, ¡por tu culpa!, ¡por tus pecados!" y la arrastró a la cama luego de apagar las luces, no fuera a ser que el demonio se acercase.

Cuando al día siguiente le contaron la visión a todo aquel a quien encontraban, cundió un gran miedo entre los pobladores. Y los pocos que vivían en el pueblo, alertados de la maldición que estaban viviendo, pero más que todo por el miedo de tener a satanás deambulando por las calles, se despertaban antes de que amanezca y no podían evitar mirar hacia la calle. Aun cuando estaban en sus camas, cualquier ruido que ocurriera en la calle, los hacía saltar, y muy despacito se acercaban a la ventana.

La gente que vivía en sus casas en las afueras del pueblo no estaba menos asustada, porque se sentían más desprotegidos al encontrase en completo aislamiento. Encerraban a sus animales en las noches y ellos mismos ponían trancas y candados en las puertas. Y por supuesto, antes que desapareciera el Sol, cada familia se unía en devota oración para que los libre de la presencia maligna.

Una de esas madrugadas en forma inesperada, apareció nuevamente el cerdo demonio, esta vez haciendo ruidos roncos y tenebrosos, con una luz en la mano y una cadena en la otra. De vez en cuando soltando horribles ruidos que parecían roncas risotadas.

Ese domingo, la gente abarrotó la iglesia en busca de ayuda. En espera que el padre haga algún exorcismo o algo para ahuyentar al maligno.

La misa termino con una reconvención:

"¡Oz lo dije! ¡Dejad de meteroz en la vida ajena!"

Algunos parroquianos no quedaron conformes, porque no hubo ningún compromiso del religioso de hacer algo para alejar al diablo, así que decidieron recurrir a la autoridad policial. Fueron a la comisaría, y le exigieron al policía a cargo que actuara en defensa de la sociedad. Claro que la reacción no fue inmediata, fue necesario gritarlo, amenazarlo, y tratarlo de cobarde y hasta de marica, para que accediera a atender el pedido.

Fue entonces, que a partir del día siguiente, con muchísimo pánico, el policía se apostó con su fusil de reglamento en el camino por donde solía venía el maléfico. Estuvo tres días en la vigilia hasta que al cuarto, como a las cuatro y media, apareció el cerdo endemoniado.

No se sabe de dónde sacó valor, pero se incorporó, y encañonando a la bestia infernal, le gritó:

"*¡Alto o disparo, en nombre de Jesús!*" La segunda frase fue por si acaso.

Ante su asombro, el animal se detuvo, levantó las manos y se arrodilló:

"*¡No dispare, soy yo!*"

Era Pochola, que se iba a ver al padre, con el disfraz que éste le había recomendado, y que tan buenos resultados le había dado en otros pueblos: había despellejado a un chancho completamente y se confeccionó un atuendo de tal forma que le cubría el cuerpo completo, y más aún, lo acondicionó para le cubriera su cabeza.

Bueno, el policía, como todo un caballero, nunca dijo nada de lo ocurrido, y convenció a los pobladores que la única solución era ser mejores cristianos. Narró que efectivamente había visto a la encarnación del demonio, que había intentado atacarlo en el cumplimiento de su deber y despojado de todo temor, pero el animal infernal con tan sólo una mirada lo había paralizado. Y probablemente porque él era un hombre bueno y justo, no había sido eliminado y su alma arrastrada al infierno. Daba gracias a Dios por poder contarles lo sucedido y permitirle ser su conducto para salvarlos. ¡Sólo podía recomendarles que por las noches se encierren en sus casas y recen mucho!

La marrana endemoniada siguió paseándose en las amanecidas, pero con una variante: de vez en cuando antes de ir a la iglesia, pasaba por la comisaría.

Parrillada

Una de las actividades más importantes que deben desarrollar durante la vida los seres humanos, es la búsqueda de pareja ¿Por qué? Porque somos seres absolutamente gregarios, desde nuestros inicios y quizá antes hemos convivido en grupos, lo que nos ha permitido sobrevivir y progresar, ¡No somos arañas! De acuerdo con los cánones de conducta social actual, pero que poco a poco, muy lentamente, están pasando de moda, debe hacerse todo lo posible, dedicar un tiempo exclusivo, esforzarse para encontrar una media naranja "hasta que la muerte los separe". Para lograr ello, se inventó en una época pretérita el romance, hablado, escrito en prosa o en verso, las serenatas, el celestinaje, contacto mediante intermediarios o directamente en persona, según el ingenio que ilumine a los interesados. Esta es etapa en la que la pareja empieza a conocerse una a la otra, primero en forma muy privada y circunscrita solo a los protagonistas, que poco a poco van forjando una relación que desemboca en la formación de una pareja estable. Pero es imposible evitar que en cualquier estadío de este proceso intervengan las amigas y amigos para opinar a favor o en contra de la potencial pareja, tratando de demostrar que están hechos el uno para el otro o todo lo contrario. Finalmente viene inexorablemente la participación de familiares en el mismo sentido que lo hicieron los amigos, pero especialmente las madres de los respectivos integrantes de la pareja, también a favor o en contra, apelando a sus conocimientos de la vida y experiencia que les permite opinar sólidamente al respecto. No existe ninguna queja en relación a esto último, porque no hay madre que no haga las cosas pensando en lo mejor para sus hijos.

En la mayoría de los casos, esto sirve de muy poco, porque la naturaleza es sabia en su afán de preservar a las especies, y mediante el uso de sus armas químicas (testosterona, oxitocina, dopamina, feromonas, etc.) logra la formación de parejas cuya duración como tales depende ya de muchísimos factores difíciles de enumerar. Muchas veces en estos casos, los consejos no se reciben ni siquiera aunque provengan de los conejos más eruditos por más bien intencionados que fueran.

El caso de Claudia y Claudio, no tenía nada de especial. Pero si había una singularidad en el suyo, que era que en las sucesivas evaluaciones de parientes y amigos, coincidían en que eran una pareja diseñada el uno para el otro, no había opiniones en sentido contrario.

Él estaba terminando la universidad, en el último ciclo, y ella comenzaba el primer año de facultad. Los amigos comunes y no comunes opinaban que se trataba de un caso especial, inédito de compatibilidad de caracteres complementarios, suplementarios, biunívocos, correspondientes y todo lo demás. Luego de un año de conocerse, y de ser presentados a las respectivas familias, obtuvieron también la opinión favorable no solo de madres, sino de padres, abuelos, hermanos, primos y cuanto familiar tenía la oportunidad de conocerlos.

Así que cinco años después, ya estando él desempeñando labores profesionales en un banco, y ella ya egresada y dedicada a realizar trabajos eventuales y acumulando diplomados en asuntos relacionados a su profesión, decidieron que podían formalizar la relación ante Dios y ante los hombres. Vinieron y terminaron como en un abrir y cerrar de ojos los preparativos, separación de iglesia, invitaciones, ceremonia, recepción, fiesta, viaje de bodas, fin de la fantasía, ¡y regreso a la realidad!

Entonces se inició la verdadera vida conyugal, que es absolutamente diferente al noviazgo que es cuando se pasan sólo algunas horas juntos y luego cada uno vuelve a su casa a hacer su propia vida sin mayor responsabilidad por el otro, y con el ingrediente adicional que cada uno encuentra todo listito en su casa, o mejor dicho en la casa paterna: la comida preparada, la cama tendida, el dormitorio arreglado, la ropa limpia y hasta el refrigerador abastecido. Valga la digresión, digamos que hay cierta asimetría con lo que ocurre entre ser padres o ser abuelos: uno es padre a tiempo completo, con toda la responsabilidad sobre los hijos las 24 horas del día, educándolos, corrigiéndolos, castigándolos, mientras que el abuelo viene a la casa y ve a los nietos por unas horas, juega, engríe, malcría, les da propina y luego se va a su casa a descansar. Por eso es que un niño prefiere estar con los abuelos, mientras que con los padres espera pacientemente el paso del tiempo para buscar su independencia.

Pero bueno, volviendo a la historia, ellos empezaron muy bien, ambos decididos a sacar el proyecto matrimonial adelante, con mucha madurez y criterio para concretar decisiones en forma conjunta siempre tomando en cuenta la opinión del otro, y teniendo como premisa que el respeto mutuo es la base de todo proyecto conyugal. La primera decisión que tomaron, muy acertada, fue de ir a vivir solos en un pequeño departamento que pudieron alquilar, y que para fortuna de ella se ubicaba a unas diez cuadras de su casa paterna. Porque, claro, nunca está demás un consejo proveniente de la experiencia de la madre en cuanto a la conducción de un hogar, pero también todo el apoyo y protección que debe quedar latente en caso que el esposo no fuera lo que siempre aparentó.

La segunda buena decisión que tomaron fue que debían estar seguros que estaban en lo correcto en querer establecerse como pareja, y que este proceso no debería perjudicar a nadie. Entonces, concluyeron, no deberían encargar descendencia hasta que no tuvieran esta certeza.

Todo pensado muy racional y maduramente.

Entonces empezaron una luna de miel interminable, que tenía sus momentos culminantes los fines de semana, cuando ambos terminaban sus obligaciones laborales, y podían destinar el tiempo solamente para ellos: ir de compras, planear salidas con los amigos, realizar viajes turísticos a diferentes lugares sobre todo cuando se presentaban días feriados y se generaban fines de semana largos. En fin, quedarse en cama para ver televisión todo el día sin quitarse el pijama, salir al parque, ir al cine, a un restaurant, o lo que fuera.

Pero todos sabemos que el matrimonio no es un paraíso, siempre tiene sus altas y sus bajas. Las personas que han estado o están casadas lo saben perfectamente, y en general, los que han vivido con ambos padres a la vez seguramente en algunos, pocos o muchos momentos han sido testigos que una vez que se acaba la etapa del enamoramiento, y no hay la suficiente dosis de tolerancia, empiezan a aparecer conflictos con la finalidad de obtener el manejo y dominio del hogar.

El primer gran problema que enfrentan las parejas es la celebración de la Navidad. Cada uno está acostumbrado a pasar la noche buena con su propia familia, recibir las 12:00 pm. juntos para darse el abrazo. Y para Claudia y Claudio no fue la excepción tener una escaramuza ese día. La propuesta de hacer una mega reunión de ambas familias fue desechada al día siguiente, pues consultadas ambas respectivamente por ellos, recibieron no sólo la negativa sino también presiones por ambos ¿bandos?, para que se respetara la tradición de cada una de ellas. Este será un problema sin solución a menos que se consiga negociar con las partes condiciones intermedias, pero que de todas maneras tendrá un tufillo de injusticia.

Para el primer año, acordaron recibir la Navidad en la casa de los padres ella y almorzar en la de los de él, y luego intercambiar sucesivamente en los años posteriores, lo cual requirió la aplicación de técnicas avanzadas de negociación del tipo ganar ganar, sacrificando cada un poco para que el resultado final fuera favorable para todos. Como todavía no tenían descendencia, la tercera opción de recibir la fiesta en su propia casa todavía no existía, lo cual facilitó la situación. Efectivamente así sucedió, y aunque ambas reuniones fueron muy cordiales, no faltaron algunos comentarios incómodos y referencias indirectas entre la pareja, que no pasaron desapercibidos, y pusieron, tal vez, la primera gota de hiel en el cáliz matrimonial.

La vida continuó sin problemas por un tiempo, hasta que ocurrió un segundo hecho, que fue una reunión que le salió a Claudio con sus amigos del colegio, que se juntarían después de algo así como diez años. Hubo entonces un cambio de palabras, referido a que deberían tener confianza el uno en el otro, que el matrimonio es estar juntos, pero no asfixiándose, que es necesario respetar los espacios del otro y dar algo de libertad, y no se sabe cómo, apareció el tema de la Navidad. El tono de la discusión comenzó a subir, pero Claudio decidió dar por terminado el tema. Se quedó callado, pero molesto, y se retiró no sin antes decir que el problema lo discutirían luego.

Lo que se produjo posteriormente y a instancias de no dejar un tema sin resolver, fue una conversación, en la que se llegó a un calmado acuerdo. Ambos apelaron a su propia madurez para analizar el motivo del desencuentro y hacer los ajustes necesarios en su relación. Él se iría a su reunión, pero regresaría lo más temprano posible. Por supuesto que ni la discusión ni el desenlace se borraron de sus mentes, especialmente de la de ella, porque las mujeres genéticamente tienen una capacidad cerebral mucho mayor para almacenar y mantener en la superficie de la memoria este tipo de sucesos. En realidad, de todo tipo de sucesos.

Poco después vino el "vuelto", no digamos la venganza, pero si la situación simétrica. Le correspondió a ella ser invitada a una reunión de amigas de la universidad, con las que siempre se mantuvo en contacto, pero con quienes había suspendido las reuniones nocturnas de mujeres solas, salvo algunas ocasionales de las que él la recogía a una hora prudente. En esta oportunidad, le tocó a él esgrimir argumentos como el que ella era ya una mujer casada y no podía tener reuniones con chicas solteras y que por lo demás, había fundamentos para pensar que el comportamiento de sus amigas no sería el más transparente. Por supuesto que esto desató la furia de ella en defensa de sus amigas y trajo a la discusión no sólo los temas anteriores, sino novedosas calificaciones, o descalificaciones mejor dicho, de los familiares de él, en comparación con las amigas en cuestión. Luego vino la violenta respuesta verbal de Claudio, y el subsiguiente infierno.

No se hablaron por tres días, y a pesar de que seguían realizando sus actividades cotidianas, y en las tardes en su pequeño departamento, se veían a cada momento, y hasta dormían en la misma cama, era como que cada uno estuviera solo. Se evitaban las miradas, no había una sola sílaba intercambiada. Incluso en la mañana, uno se levantaba primero que el otro para tomar desayuno solo e irse a trabajar, mientras que la escena se repetía a la hora de la cena. Nada, no había ningún intento de acercamiento.

Por fin en la mañana del cuarto día, nunca se sabrá si fue por consejo de su madre o por iniciativa de la propia Claudia, le ofreció el desayuno: *"Te he preparado las tostadas con queso y mermelada que te gustan".* Y sólo había terminado de decir estas palabras cuando la reacción de Claudio fue de rendición total, arriando de las banderas de guerra, armisticio, y cariñosa reconciliación. Como se estila en estos casos, se produjeron escenas de ternura absolutamente edulcoradas y promesas de que nunca más se habría desencuentros entre ellos. La noche del día siguiente, Claudia fue a su reunión y aunque regresó un proco más tarde de lo acordado, no hubo reproches.

Nuevamente hubo un periodo de calma y convivencia pacífica y hasta feliz.

A pesar de la reconciliación, no se podía ocultar que se había producido un bajón en las relaciones matrimoniales, que se manifestaban en evidentes desacuerdos en algunas decisiones superficiales, y algunas discusiones no tan prolongadas ni violentas, pero si frecuentes. Y una especie de hastío de estar juntos. Que si uno prefería un tipo de película en la televisión y el otro no, lo que llevó a comprar otro televisor; que si uno prefería un restaurante y no el sugerido por el otro y en consecuencia se suspendía la salida planeada, y cualquier minucia que provocara desacuerdo, pero cuyo significado profundo era que algo estaba ocurriendo entre los dos.

Hasta que vino una situación inédita, Claudia fue sorprendida revisando en el celular de él, las conversaciones personales, lo que esta vez originó una reacción muy violenta de su parte: le arranchó el aparato, y con el impulso que llevaba la empujó contra la mesa, lo que hizo que se resbalara y se golpeara la cara. Ella se levantó como un resorte y la emprendió a gritos, golpes y arañazos, lo que era repelido por él con fuerza controlada. Hasta que no pudo más y le dio otro violento empujón que la hizo rodar por el suelo. Era la primera vez que se producía una pelea con agresión física. Era cierto que lo que hizo ella fue una invasión a la privacidad de Claudio, pero eso no podía, en ninguna circunstancia, ser la justificación para agredirla físicamente. Solo fue el pretexto para desatar el conflicto, como se ha visto tantas veces en el mundo cuando se declaran guerras entre naciones o credos.

Sin embargo, por esas cosas propias de la conducta humana, que es indescifrable por más tratados de sicología que se hallan escrito y haya sido estudiada por afamados especialistas, unas horas después parecía que todo se había olvidado y normalizado entre ellos. Claro que al comienzo no hubo ningún trato cariñoso ni cercano, pero sin mediar ninguna iniciativa por parte de alguno de ellos, regresaron, o aparentemente regresaron a su rutina habitual. Sintomáticamente, en esta oportunidad en ningún momento conversaron sobre lo que había ocurrido, no trataron de buscar una explicación, ni menos aún ninguno trato de justificar su conducta o finalmente disculparse y pedir perdón por la evidente sucesión de faltas que se habían cometido.

En realidad, la relación ya nunca volvió a ser lo misma. A pesar que seguían viviendo juntos, compartiendo los ambientes del departamento, hablándose de los temas que surgieran, e incluso durmiendo juntos y eventualmente teniendo intimidad, había algo diferente en el ambiente. Se producían intercambio de palabras y de ironías, que devenían en faltamientos de respeto, señalamientos, mención a discusiones anteriores, pero daba la impresión de que ya no lo sentían emocionalmente, sino que como se dice coloquialmente "les resbalaba", como que estuvieran hablando de otras parejas. No les producía ninguna afectación interna ni se herían sus sentimientos. Como cuando uno realiza una mala maniobra al manejar el auto, y debe intercambiar insultos con otros automovilistas. La expresión de violencia es en el momento, pero unos segundos después, uno sigue manejando como si nada hubiese pasado.

Un fin de semana, Claudio le comunico a su aún esposa que el siguiente domingo iba a organizar una parrillada en la azotea del edificio, que estaba acondicionada para este tipo de eventos y era de uso libre para cualquiera de los vecinos. A lo cual ella respondió con un indiferente *"Esta bien"*. Le informó, porque no hubo ninguna consulta o coordinación con ella, que pensaba invitar a un grupo de amigos comunes, no más de 16 a 20 personas en total y les cobraría una cuota para cubrir los gastos. Además, le indicó que hasta el momento tenía en la lista a diez personas y que si ella quería incluir a alguien sin exceder la cuota que le avisara.

Ella aceptó la propuesta y mencionó siete nombres más, y además se ofreció a ayudarlo a hacer la relación de lo que se debía comprar y a estimar el costo, de modo que se pudiera definir el monto de la cuota por persona. Curiosamente, este tipo de actividades ya la habían realizado anteriormente, pero con una emoción diferente, con la alegría y compañerismo de organizar una actividad grata para ambos cuya armonía y felicidad sería transmitida a los asistentes al evento. Esta vez actuaban casi mecánicamente, fríamente, como cumpliendo un rol obligatorio.

Calculando dieciocho invitados mas ellos, sumaban las veinte personas. Estimaron unos doscientos gramos de carne de res por persona, eran cuatro o digamos cinco kilos de carne parrillera. Otro tanto de costillita de chancho, y lo infaltable: chorizos. Estos sí que había que comprarlos por unidad: unos 25 y si sobraban, sería para el desayuno del día siguiente. También unos cinco kilos de anticuchos, pero ya preparados en sus palitos, porque si no era mucho trabajo cortar el corazón y ensartarlos. Y el infaltable pan para el chorizo, pero eso había que comprarlo el mismo día porque si no se enfría y pierde el sabor de recién horneado y crocante. La ensalada se podía comprar hecha en el supermercado, las salsas de ají también, así como la mostaza, el kétchup y la mayonesa.

Pero faltaba el trago: cerveza, pisco, ginger ale, ron, vodka. No, mejor sería sólo comprar la cerveza, y que cada uno traiga una botella de algún licor, vino o algo para beber. Si no la cuenta se iba a elevar mucho y podría ser que hubiera deserción entre los visitantes. Y con estos datos se estimó la cuota por persona, la cual resultó bastante razonable lo que seguramente traería como consecuencia que todos los invitados confirmarían su asistencia.

A partir de ese mismo día se inició el proceso de invitación y como se había previsto todos aceptaron con mucho agrado. Se les pidió que la cuota debía depositarse en la cuenta de ahorros de Claudio, pero con plazo máximo hasta el jueves siguiente, porque las compras la iban a hacer entre el viernes en la noche y el sábado en la mañana, y que si no cumplían con el pago ni se molestarán en venir, porque nadie iba a poner la cuota por cuenta del irresponsable. ¡Ah!, que llegarán puntualmente porque la parrilla se prendería a golpe de seis de la tarde y alrededor de ocho se servirían las carnes, y el que llegaba tarde, ¡mala suerte! Comería frío lo que quedara o en el peor de los casos se quedaría sin nada.

El viernes en la noche fue de un tremendo ajetreo, teniendo en cuenta que Claudio llegaba a las 07:30 pm de su oficina. Ir al supermercado, comprar según la lista confeccionada previamente, pero sólo lo que se podía guardar sin que se malogre. Determinar qué se haría al día siguiente para completar las compras y dejar todo dispuesto. Felizmente tenía la ayuda de Claudia que le permitía ahorrar tiempo y ser más preciso en la selección de los víveres en buen estado. ¡¿Y el carbón?! ¡Casi me olvido! Dijo Claudio, golpeándose la frente con la palma derecha. E inmediatamente se fue hacia la góndola respectiva para subsanar la omisión.

Regresando al departamento, ambos acomodaron todo donde correspondía, el refrigerador, los reposteros, e incluso llevaron el carbón a la azotea, y comenzaron a hacer la preparación del ambiente con la colocación de la mesa y sillas, una limpieza general y rápida, y la ubicación de los lugares donde se colocarían la vajilla (descartable), las fuentes, licores y demás. Corría viento frío y penetrante, que hizo estornudar a Claudia: *"Este friecito está bueno para la parrillada, pero malo para mí. Desde ayer tengo el cuerpo un poco descompuesto."*

De regreso al departamento, ella dio una última revisada a la lista de invitados, y notó que habían dos que habían sido tachados y en su reemplazo estaban los nombres del mismo número de compañeras de trabajo de Claudio, sin que se hubiera tomado el trabajo de avisarle, lo cual podría estar confirmando el extraño comportamiento casi indiferente durante tan prolongado tiempo desde que se habían enfriado las relaciones entre ellos sin que se hiciera ningún intento por que se arreglen las cosas, y también el extraordinario interés y energía que había puesto en la organización del evento para invitar a determinadas personas. La reacción de Claudio cuando estuvo revisando las conversaciones en su teléfono celular y ahora esto no podían ser eventos sin relación. Quizá eran la confirmación de lo que ya había estado observando en cuanto a su recurrencia en llegadas tarde de la oficina. Pero no siguió elucubrando, tal vez ya no le importaba, sin embargo, no podía dejarlo pasar sin al menos tomar alguna acción.

Preguntas van, respuestas vienen, nuevamente se presentó un episodio de discusión entre ambos. Poco a poco fue subiendo de intensidad, y a llegar a niveles altísimos de furia y descontrol, hasta que desembocó en actos de violencia por ambas partes que no habían tenido precedentes. Esta vez, si lo juzgara alguien por el nivel los gritos y del ruido de golpes y estruendo de las cosas que volaban y caían diría que realmente estaba ocurriendo algo muy grave. Finalmente, terminó todo, y el silencio inundó el departamento.

Muy temprano en la mañana, Claudio salió a la panadería a comprar lo que faltaba, pan francés calientito y cuatro gaseosas de tres litros por si alguien no quería tomar licor.

Ya por la tarde a eso de las 05:30 pm subió a la azotea a prender la parrilla, llevar la cerveza helada en un cooler y luego a cocinar la carne, el chanchito y el chorizo, de modo que cuando empezaron a llegar los invitados prácticamente estaba todo dispuesto. Encendió la música para terminar de darle el toque fiestero que necesitaba.

A las 08:00 pm ya la reunión estaba en su mejor momento, y hasta se había inicia el baile entre el grupo de los más entusiastas. La reunión sería un éxito total, había salido mucho mejor que en ocasiones anteriores.

Un amigo se le acercó para entregarle su cuota, pues aunque había incumplido lo normado, lo había hecho por asuntos de recarga laboral, así que luego de darle las explicaciones, no pudo evitar preguntarle:

"¿*Y Claudia?*"

"*Debe estar por venir en cualquier momento, fue a donde su mamá que vive cerca y regresaba. Seguramente no tardará.*"

Mientras tanto los demás degustaban la carne preparada maestramente por Claudio. Sin tener excesiva experiencia en el oficio, pero en base a observar cómo lo hacían los expertos que alguna vez lo habían invitado y a las cinco o seis veces que el mismo se había dedicado a la preparación, había podido comprobar que no sólo dependía de la forma de ejecutar el ritual parrillero, aspecto muy importante, sino sobre todo del tipo y calidad de la carne que se utilizara. El secreto era vigilar que el fuego en la parrilla no estuviera ni muy alto ni muy bajo, que la carne sea girada cada cierto tiempo para garantizar su cocción, pero evitando que se queme, y también lógicamente de los aliños que utilizara.

Los halagos a su preparado no cesaban, y los comentarios también:

"Oye Claudio, que carne tan suave y sabrosa."

"Claudio, eres un maestro de la parrilla, si te dedicas a esto, te vuelves millonario."

Y el aceptaba las alabanzas muy contento.

Uno de sus amigos, mientras saboreaba una buena lonja, decía:

"Delicioso, ¿qué corte es?"

"Ahhh, es un corte especial que se llama doncella."

"¿Doncella? ¡Nunca había oído de ese corte!"

"Es un nuevo corte uruguayo, y la preparación también. Algún día te diré el secreto."

Luego de una hora, varios amigos y amigas, al ver que no se le veía por ningún lado a Claudia, le empezaron a preguntar por ella.

"¿Qué pasa con Claudia? ¿No va a venir?"

"Claro que sí, no tardará en llegar. Mejor voy a buscarla. Esperen un momento."

Bajó a su departamento.

Uno de sus amigos recibió una llamada al celular:

"¡Hola! Soy Claudia. Acá estoy con Claudio y me contó que me extrañaban. Disculpen amigos, no voy a poder acompañarlos, me siento muy mal."

Regresó Claudio a la azotea y se acercó a un grupo de sus amigos para informarles sobre su esposa, y evitar así la preocupación:

"Pero se siente mal y no va a poder venir. Desde hace unos días estaba con el cuerpo un poco descompuesto y parece que ayer que subimos a la azotea le acabó de dar la gripe."

"Si, me ha llamado al celular. ¡Qué pena!"

"Si pues, le dije que la estaban esperando."

"Debe estar bien resfriada, no le he reconocido la voz."

Raíces

El crecimiento económico mundial también estaba arrastrando, favorablemente claro, el desarrollo del país y eso quedaba claro porque el órgano central de estadísticas, arrojaba que el PBI había aumentado el año que había terminado en 8.1%, lo cual era un verdadero record que superaba los índices de períodos anteriores que tampoco tenían una cifra despreciable: en promedio era de 5.3% en los último diez años.

La bonanza era notoria. Ahora había centros comerciales por todos lados y ni que decir de la actividad en la industria de la construcción: aparecieron grandes empresas que urbanizaban terrenos en la ciudad, de tal modo que ésta había cuadruplicado su tamaño en los últimos tiempos. Pero además había pequeños constructores y hasta auto constructores que hacían que el crecimiento de la metrópoli fuera mucho mayor. Ahora los jóvenes al poco tiempo de salir de la universidad y conseguir trabajo, alquilaban o adquirían al crédito esas viviendas, que si bien eran pequeñas, les daban la tan ansiada autonomía. Y esto ocurría porque había disponibilidad de vivienda que a su vez se debía a que ellos tenían liquidez para financiar la actividad de construcción: todo un círculo virtuoso.

Había muchísimo dinero circulando, que tenía que ser capturado por alguien. Por este motivo, es decir por el crecimiento de la economía, desde los primeros años empezaron a aparecer negocios y comercios por todos lados. Había oferta de todo, productos nacionales e importados. También, de la mano con eso, surgieron con mucha fuerza los negocios de publicidad y propaganda radial, televisiva y estática. Esta última cada vez más agresiva y moderna, a la que ya no le bastaba pegar un cartelón en una zona autorizada o no por la municipalidad, sino que se había desarrollado la tecnología de pantallas gigantes y luminosas, que mostraban y ofrecían los productos como si fueran televisores gigantes. Tan era así, que se podía decir que las noches ya no eran noches, pues la colorida iluminación de los paneles no permitía que la oscuridad se apodere de las calles.

Ni que decir del transporte. Ahora era raro ver que una familia no tuviera su propio auto. Es más, lo normal era que cada una de ellas tuviera más de uno: para el papá, para la mamá y para los hijos que ya habían conseguido su licencia de conducir y a los que se les premiaba por algún suceso como haber ingresado a la universidad, conseguido trabajo (que en esos tiempos era relativamente fácil) o porque se había conseguido una enamorada y ya no podía estar sin vehículo propio, porque quedaría en desventaja frente a otros jovencitos que si contaban con uno, y los padres no podía permitir que su hijo pase esa vergüenza.

El transporte público también se había incrementado, porque como había tantos vehículos particulares circulando era realmente muy complicado para muchos viajar en su propio auto, y también era patente el otro factor de la extrema dificultad en encontrar un estacionamiento en alguna cochera y menos en la vía pública, donde generalmente estaba prohibido.

Toda esta situación de desarrollo sobrecalentado tenía un impacto directo en el recurso energético, y ya se había previsto (en realidad la proyección se había elaborado hacia algunos años) que en un par de años, si el crecimiento continuaba, aun cuando fuera a velocidades inferiores a la de los últimos períodos, la consecuencia sería un déficit de este suministro que impactaría en forma muy notoria. Es más, ya se apreciaba en algunos casos la falta de energía hidroeléctrica, que había determinado cortes eventuales del servicio en algunas zonas de nivel socioeconómico E (ellos no podían protestar porque tenían tarifa especial, y además había sido el Gobierno quien construyó las facilidades con las que accedían a este recurso). Dicha energía, estaba siendo reemplazada, o mejor dicho complementada, con termoeléctrica, o sea producida por la quema de combustibles.

Sin embargo, los estudios ambientales establecían que esto no era lo más adecuado, porque la contaminación ecológica se estaba convirtiendo en un problema insostenible, provocando problemas de salubridad en la ciudad, que seguramente se irían agravando conforme pasara el tiempo y no se encontrara una alternativa de energía limpia.

Ya se habían hecho algunas evaluaciones para encontrar reemplazo, se habían descartado algunas de ellas, como por ejemplo la energía eólica, porque la fuerza de los vientos en la zona no estaba de acuerdo a los parámetros necesarios, y tampoco se podía contar con la suficiente regularidad en el suministro porque este recurso era demasiado cambiante y muy pocas veces tenía la fuerza necesaria. La energía solar, como solución puntual para algunas viviendas podría ser utilizada, pero no para resolver el gran problema que iban a encarar pronto. A la misma conclusión se llegó con la energía geotérmica. Lamentablemente, no se contaba con gas natural, y traerlo desde otros países sería improbable a no ser que se quisiera pagar precios de capricho, y eso sería complicado si se piensa en el largo plazo, puesto que se dependería de fuentes externas que podrían adquirir cierto poder sobre ellos y eso era inaceptable. Además, ¿qué pasaría si adecuara todo su sistema energético al gas natural y luego se les negara el suministro? Habría una catástrofe, que ya ha ocurrido en otros países de la región y en la misma Europa. No, no se podía depender de fuentes externas para generar energía, sería geopolíticamente muy peligroso. Además, en el fondo, quemar gas natural era tan contaminante, tal vez un poquito menos, que quemar cualquier otro combustible de modo que no se estaría dando solución al problema que se quería resolver en la forma más amigable para el ambiente.

La única solución que quedaba disponible, que era accesible pero que no dejaba de provocar inquietud, era el uso de energía nuclear. Era realmente limpia, se podría producir íntegramente en el país, y la tecnología para este propósito estaba totalmente disponible y desarrollada. Es más, algunos países la utilizaban sin ningún inconveniente desde hacía muchísimos años, casi tantos como el tiempo que había transcurrido desde la creación de la primera bomba atómica. Pero por otro lado, el recuerdo de los accidentes que se habían producido en otros, la explosión de las centrales nucleares y la devastación producida con la consecuente mortandad de personas no solo en el instante del suceso, sino días, semanas, meses y años después, eran un tema de debate. Si se dejaba a la decisión y criterio de la opinión pública, posiblemente se generaría una controversia y cambiarle la opinión tomaría un tiempo indeterminado para llegar a la decisión final. Por otro lado, ya no se contaba con demasiado tiempo para poner en práctica la alternativa que se decidiera, pues cualquiera de ellas tomaría varios años en implementarla y ponerla en práctica. La conclusión era que debía comenzarse sin pérdida de tiempo. La decisión tendría que ser tomada estratégicamente por el Gobierno.

La decisión fue tomada. En realidad no había otra alternativa, pero para evitar ser cuestionados por la contingencia de un eventual desastre como el que se ha mencionado, que podría eventualmente producirse por tener ese tipo de generador nuclear de energía, y que seguro los medios de comunicación le recordarían a la ciudadanía lo que podría determinar que el proyecto se venga abajo por presión de la población, e incluso por intereses económicos de otras empresas dedicadas a generar otras energías alternativas, habían considerado que todo se haga casi en secreto, o al menos mantener todo con perfil bajo hasta que el asunto fuera irreversible. Mientras tanto, se haría la defensa del proyecto en forma indirecta, y hasta subliminal, si se quiere, mediante publicaciones, informativos, programas especiales, reportajes y otros medios de difusión que fueran poco a poco condicionando a la opinión pública, de manera que cuando todo saliera inevitablemente a la luz, ya no se tuviera un rechazo cerrado, y más bien el apoyo ganado permitiera concluir el proyecto y ponerlo en operación.

La construcción demoró alrededor de dos años, pero solo cuando estuvo listo e inició la operación generadora fue que los detractores del Gobierno, en busca que la población les quite el apoyo a los gobernantes y se lo dé a ellos, empezaron a hacer campaña mediática en contra el proyecto. Por supuesto que todo era con fines políticos pues pensaban en el largo plazo y en las siguientes elecciones generales que pensaban ganar y para eso tenían que demoler el prestigio de los que actualmente estaban en el poder. Sin embargo, ya era tarde para evitar que entre en operación. La central nuclear había empezado a trabajar hacía varias semanas en un período de prueba que resultó totalmente exitoso y los primeros en notarlo fueron aquellos que sufrían esporádicamente el corte de suministro. Sintieron admiración que ya no ocurriera algo a lo que ya estaban acostumbrados.

Era el momento preciso para hacer el contragolpe y ganar apoyo. El Gobierno presentó la obra, explicó que estaba funcionando desde hacía tiempo y que los beneficios se estaban sintiendo especialmente en las localidades más necesitadas, pero que además, se habían cumplido y excedido con todas las normas de seguridad que ameritaba el caso, en tal forma que en esta ocasión se había logrado edificar una planta generadora absolutamente segura y que garantizaría el suministro de energía por muchos años. Asimismo, que se estaban preparando proyectos similares para el futuro, con lo que se garantizaría la satisfacción de la demanda creciente, pero también se tenía planeado reemplazar paulatinamente la generación hecha con combustibles fósiles por esta nueva, innovadora y segura, con lo que se tendría el beneficio adicional de limpiar el medio ambiente, cuyo grado de contaminación se estaba acercando progresivamente a límites inaceptables.

Las cosas fueron tan bien, que meses después el tema de la central nuclear desapareció de la mente de la opinión pública. Ya no era noticia y si salía alguna publicación al respecto tratando de reavivar el fuego del peligro inminente en el que se encontraban, al poco tiempo se iba desvaneciendo y quedaba en el olvido. En esta oportunidad, los opositores no habían calculado bien y su maniobra resultó infructuosa.

Sin embargo, aun cuando se tuvieran los estándares más altos de seguridad, no podía negarse que siempre existiría una posibilidad, una contingencia de daño, por más que la probabilidad de que ocurriera fuera mínima, casi nula.

Algo tenía que fallar en la cadena de seguridad para que ocurriera un desastre, aunque nadie se imaginaba que pudiera ser en la operación misma, que tenía la garantía de la alta calidad y grado de entrenamiento del personal, y también por la confiabilidad de los equipos que se habían adquirido y las instalaciones construidas.

El problema se suscitó en la adquisición de las barras nucleares usadas en el reactor. Ellas eran el insumo más costoso tanto en la etapa de adquisición como en la disposición final cuando éstas habían agotado la producción de radioactividad, puesto que se tenía que cumplir protocolos internacionales para garantizar que no tendrían impacto alguno en el medio ambiente. Las barras debían ser convenientemente forradas con material especial, selladas y almacenadas en lugares especiales para hacer imposible que la radiación se difunda.

Pero ahora que habían pasado tantos meses y no se había producido el menor amago de peligro, en forma natural y por el grado de confianza que esta situación favorable les infundía, los encargados de la generadora nuclear bajaron sólo un poquito la guardia, y pensando en añadir un motivo más para ser reconocidos en la labor que realizaban, consideraron en hacer más eficiente la operación, ¿cómo?, pues intentando reducir los costos operativos, lo que oportunamente sería anunciado como un logro adicional.

Se decidió que no se compraría directamente las barras nucleares a los tres proveedores más conocidos y reputados a nivel mundial, porque se estimaba que se aprovechaban de ello para encarecer su producto y repartirse el mercado y las ganancias inescrupulosamente, aprovechando que pocas centrales nucleares querían asumir riesgos. Es más, se tenía la certeza que las tres empresas formaban un cártel que concertaba precios. Pensaron que lo más adecuado era desarrollar especificaciones técnicas propias para dicho material y luego convocar a concurso de ofertantes, considerando que así se crearía competencia de precios, ya que la calidad sería verificada según los requerimientos mínimos de la tabla de comprobación que sería parte del proceso de selección del proveedor El ahorro que se lograría sería significativo y seguramente el Gobierno estaría muy complacido de poder anunciar la reducción del precio de la energía o alternativamente la utilización de ese margen para otras labores sociales.

Tal como se había previsto, aparecieron varios proveedores más, unos menos conocidos que otros, pero finalmente todos garantizaron la pureza de sus productos, así que el comité evaluador luego de meticulosa revisión de ofertas y evaluación intensiva de los parámetros técnicos, decidió la compra por todo un año a uno de los proveedores, que no era el proveedor original ni ninguno de los otros dos reputados. Se estimaba que al vencimiento del contrato de adquisición se haría algo similar para nuevamente presionar sobre los precios.

Los primeros meses ya usando los nuevos productos no se produjo ningún incidente serio. Solo un par de veces hubo ligero sobrecalentamiento de los generadores, pero pudo ser controlado tan pronto las alarmas tempranas dieron la señal. Nada grave, nada de qué preocuparse. Pero en realidad, si había motivo, sólo que la propia gente que tomó la decisión de cambiar de proveedor, instintivamente minimizaba la ocurrencia y trataba por todos los medios que pase desapercibida, para evitar el riesgo de ser observados y quien sabe que más. Era una actitud un poco irresponsable y poco profesional, pero en el fondo, muy propia de los seres humanos.

Lo más sigilosamente posible, llamaron a los proveedores a fin que expliquen las causas de los incidentes, y por supuesto que vino un grupo de expertos para analizar la situación, hacer pruebas de calidad y cumplimiento de normas. Afortunadamente para la ciudadanía pero desafortunadamente para los responsables de la central nuclear, no hubo ningún problema durante este período de revisión de las causas de la falla, y aunque esta es una situación que suele pasarle a muchas personas en temas superfluos, es decir, que justo cuando viene el especialista para revisar el equipo con falla, precisamente en ese momento no muestra ningún desperfecto, en este caso hubiera sido de vital importancia que se pudiera haber apreciado el problema para que se tomen las medidas correctivas que se ameritara.

El informe final de los técnicos del proveedor indicaba que posiblemente el problema se había debido a falla del sistema de refrigeración del reactor o tal vez a una demanda súbita y puntual de energía, lo que había determinado un hipo en la generación que había producido el sobrecalentamiento, pero que no se había detectado ninguna falla en las barras nucleares. Esto también es muy común entre proveedores de equipos y suministros, que terminan echándole la culpa de la falla de sus productos a cualquier otra cosa menos a sí mismos.

La verdad era que algunas de dichas barras, en forma totalmente aleatoria, tenían corpúsculos microscópicos contaminantes. Y en los dos casos que se habían registrado los incidentes, la mala fortuna había determinado que hubiera tocado instalar justamente las que tenían ese casi imperceptible defecto.

Pero eso no fue lo peor. Había otra barra que tenía mucho más contaminantes y alteraciones que a su turno fue instalada y nadie se dio cuenta de ello. Los encargados confiaron en que estaba envasada de acuerdo a los estándares internacionales y con los rótulos respectivos que había pasado los controles de calidad exigidos en los protocolos. Pero en realidad, eran sólo etiquetas pegadas pero que no garantizaban nada, y en esas instancias, antes de iniciar su instalación, no había manera de comprobar si realmente el material cumplía con las normas de pureza. ¡Ojalá se hubiera podido hacer! La verdad era que el proceso de fabricación estas barras nucleares, debido a una tecnología defectuosa o el uso de equipos con problemas por parte de estos proveedores ocasionales, que aún no alcanzaban estándares de calidad suficientemente altos, no estaba en condiciones de garantizar que los productos tuvieran la pureza que se requería. Lo barato sale caro, reza el dicho, y en este caso el precio sería muy alto.

Y en estas condiciones ocurrió la desgracia que se había considerado impensable. El reactor comenzó a recalentar, justamente durante la madrugada, cuando usualmente el personal de turno, acostumbrado a que todo se maneje automáticamente, aprovecha para descansar de hacer rondas y mirar tableros, y muchas veces se queda dormido. ¡Imagínense que aburrido debe ser estar en una sala mirando instrumentos y lucecitas, día tras día, semana tras semana, mes tras mes, sin que pase nada! Debe ser una situación bastante soporífera. La temperatura del reactor comenzó a subir muy rápido. Seguramente si el material hubiera tenido la pureza requerida y se hubiera iniciado esta reacción exotérmica, la generación de calor hubiera sido muy lenta y hubiera habido tiempo de controlarla. Pero el incremento fue meteórico. A pesar que sonaron las alarmas y el propio sistema activó los mecanismos de control para manejar la emergencia, no fue suficiente. El personal, ya advertido de lo que ocurría, inició maniobras manuales de control para intentar aplacar la sobrerreacción nuclear, pero era inútil, la temperatura seguía elevándose. Como no se conseguía controlar la emergencia y el desenlace era previsible, muchos de los operadores entraron en pánico y comenzaron a huir. Solo algunos se quedaban intentando manejar la situación, aunque cada segundo que pasaba confirmaba que sería imposible.

Finalmente comenzó la reacción nuclear exponencialmente descontrolada, empezaron algunas explosiones en el reactor y las paredes y equipos salieron volando. Pero faltaba el gran final. Uno de los valientes que se había quedado dio el aviso al Ministerio de Asuntos Internos, que inmediatamente activó el plan de evacuación de la ciudad. La Fuerzas Armadas, en cuestión de minutos, ya estaban en las zonas aledañas dando aviso para que los que tuvieran movilidad propia, salieran lo más rápido, y los que no, subieran a los camiones porta tropas para ser trasladados lo más lejos posible. También entraron en acción los sacrificados bomberos, verdaderos mártires civiles, que temerariamente se acercaron a la central nuclear para arrojar agua con sus motobombas para intentar el milagro.

Que no ocurrió.

Se produjo la explosión de toda la planta nuclear, la onda calorífica y la radiación comenzaron a hacer su criminal trabajo, en colaboración con la propia expansión de gases que derribaba cualquier edificación que se le pusiera en su camino. Las casas y edificios simplemente se desintegraban y las personas que no morían aplastadas, lo hacían quemadas, incineradas.

Dentro de lo terrible que estaba ocurriendo, la bueno era que la central nuclear no era tan grande y su poder destructivo se limitaba a una zona de la ciudad. Digamos un distrito, de modo que llegó un momento que la expansión de gases y la onda calórica perdieron fuerza y detuvieron su avance catastrófico. Pero quedaba todavía la amenaza radioactiva, silenciosa, perenne, invisible. La radiación se infiltraba en los cuerpos de las personas y animales que encontraba a su paso. Esto significaba o que morirían al poco tiempo, o que sufrirían variaciones espeluznantes en su composición biológica que haría mutar sus órganos hasta convertirlos en seres irreconocibles y finalmente dejar de existir. Es que las variaciones que forzaba la radiación en el ADN hacían que todo tejido perdiera la noción de las funciones para las que existía en el cuerpo, y mutaba y los órganos dejaban de funcionar porque se convertían en cualquier cosa.

Era una especie de evolución acelerada, pero maliciosa. En realidad, una mutación no dispuesta por la naturaleza, que se preocupa permanente mente de adaptar a los seres vivos a los cambios en el medio ambiente. Los cambios genéticos eran descontrolados y no guiados por la evolución natural hacia seres más fuertes y resistentes a los cambios del entorno, sino totalmente aleatorios y sin razón de ser.

Lo que sucedería de aquí en adelante, ya era historia conocida, una repetición de lo que ocurrió en los lugares donde anteriormente habían acontecido hecatombes similares. Algunas personas sufrirían la degeneración de sus cuerpos que los llevaría a la desaparición. Las mujeres embarazadas o perderían a sus bebés, o darían a luz a monstruos, o podrían ser que sus hijos nacieran aparentemente (o razonablemente) sanos, pero que tuvieran en su cuerpo el ADN mutado que sería trasmitido a su descendencia. No habría ser vivo que hubiera sido afectado por la radiación que se librara de algún efecto nefasto. Y lo peor de todo que era que la radiación se convertía en un enemigo invisible que estaría presente en todas partes, pero sólo podría ser percibido por los efectos que tenía a largo plazo sobre los seres vivos. Y no desparecía, sino que permanecería por muchos años haciendo daño.

Irónicamente, cerca de lo que había sido la central nuclear, se encontraba el cementerio general. Que, si bien también había sufrido los embates de lo ocurrido, tuvo que ser rehabilitado de emergencia para dar cabida a los cientos y miles de cadáveres contaminados que esperaban sepultura, y también a los restos y pedazos de cuerpos que se iban encontrando cuando las brigadas de rescate se movilizaban entre los escombros para tratar de encontrar sobrevivientes y brindarles ayuda y consuelo, porque ya sabían cuál iba a ser su destino en el corto plazo. Pero la labor humanitaria tenía que realizarse de todas maneras.

Nadie sabe a ciencia cierta qué es lo que finalmente ocurrirá con los organismos irradiados. En realidad, es algo imprevisible, porque la forma en que serían afectadas las células, el ADN y los cromosomas depende de múltiples factores que no pueden ser totalmente ni mucho menos determinados. Si así fuera, sería más sencillo adoptar las precauciones que mitigaran el daño, e incluso podría llegarse a revertirlo. Y eso es lo que pasó en el cementerio.

La onda térmica arrasó con la vegetación, desapareció lo arbustos que adornaban el elegante camposanto y lo dejaron con aspecto tan tétrico como el de las más tenebrosas películas de terror. Sin embargo, el cambio invisible que se registró en las raíces fue sorprendente.

No murieron, sino que adquirieron una inusual vitalidad, que por supuesto no podía ser apreciada porque estaban bajo tierra. Si alguien se hubiera detenido a observar la zona, se habría dado cuenta que en la superficie habían aparecido algunas pequeñas perforaciones. Y si el estudio se hubiera realizado durante la noche, se habría visto la punta de las raíces aflorar, como tomando aire, justamente en el sentido contrario al fototropismo negativo que la naturaleza les encomienda para que cumplan con sus funciones de captar nutrientes del suelo para alimentar a las plantas. Y luego, con la salida del Sol, volvían a desaparecer dentro de la tierra.

Durante el día, y por varias semanas después de la explosión, la actividad en el cementerio era frenética. Todos los días había más de cien entierros, muchos más. Había el de aquellos que fallecían posteriormente al desastre, en casas u hospitales, y se tenía la oportunidad de enterrarlos de acuerdo a la tradición, con ataúd, rezos y demás ceremonias. Había también de los que se realizaban en fosas comunes, con los cadáveres o los pedazos que se lograban recuperar de las zonas demolidas.

Sin embargo, lo que no estaba previsto fue que durante las noches, las raíces eran atraídas por las emisiones radioactivas y se movían por debajo de la tierra hacia los cadáveres y empezaban a alimentarse de los cuerpos, en una macabra fiesta que terminaba sólo cuando habían finalizado de deglutir toda la carne y hasta los huesos. No quedaba nada. De ninguna manera se le hubiera podido cruzar por la cabeza a ningún científico, por más imaginativo que fuera, que esta ingesta realizada por las raíces, unida a la forma que normalmente tienen para absorber los alimentos, las hubiera llevado a fusionar su ADN con el de los cuerpos, o en todo caso de alguna forma tomar características genéticas de lo que estaban comiendo y adquirir movilidad y una cierta inteligencia para buscar alimentos, tal como lo hacen los animales hambrientos cuando salen de cacería por la noches, con la finalidad de no ser ellos mismos víctimas de otros depredadores.

Eran seres vivos que estaban obteniendo características zoonoides, y cuyo funcionamiento nadie podía prever, aunque si se podría suponer que siendo seres meta vivos, buscarían sobrevivir alimentándose con cuanto material orgánico se les presentara y quedara a su alcance. Por el momento, no tenían que hacer mayor esfuerzo, pues como ya se ha mencionado, todos los días les traían los alimentos que necesitaban. Sin embargo, con el correr de las semanas, y como es lógico suponer, las raciones se iban reduciendo conforme la mortandad humana disminuía y las brigadas de rescate completaban su labor de limpieza en la ciudad.

Era de suponer también que estos seres mitad vegetal y mitad zoonoide sintieran que su ración alimenticia estaba disminuyendo y eso determinaría su muerte y desaparición, puesto que al haber adquirido esas características animales, habían desarrollado también instinto de conservación. Por eso, contra lo que ocurre con una planta que cuando no tiene agua simple y estoicamente espera secarse y desaparecer o en algunos casos quedar en estado latente hasta que vuelva a recibir líquido, estos nuevos seres o en todo caso su parte animal, buscaría su alimento saliendo de su territorio y migrando hacia donde pudiera satisfacer esta necesidad primaria.

Durante la noche, uno de estos escalofriantes seres encontró su primera víctima. Fue un perro que vagaba sin dirección por el cementerio en busca de alguna sobra de comida que hubiera quedado durante la visita de los humanos. Se acercó descuidadamente hacia una formación herbácea para miccionar, como lo hacen normalmente los canes. Pero esta vez, una de las raíces que era ahora aérea, se enredó en su pata y lo jaló hacia el arbusto. Solo pudo proferir algunos gemidos antes que las puntas de las raíces penetraran su cuerpo y succionaran todo lo que podía ser alimento hasta agotarlo, y luego, con mayor calma y sin apuro, ingerir el resto, pellejo, hueso, pelos. Todo era útil si de alimentarse se trataba, cada célula era devorada porque contenía el vital alimento para sobrevivir. No quedaron huellas ni rastros.

Esta fue la primera caza que realizó uno de los seres (o tal vez era uno solo con múltiples ramificaciones), que le abrió el camino al monstruo para que se dé cuenta que no era necesario que esperara a que le traigan el alimento, sino que podía conseguirlo de entre seres móviles que se le acercaran. O que él mismo podría acercarse a su alimento y tomarlo.

El día siguiente, viernes, no era una fecha para visitas al cementerio en la que muchas familias vienen a ver a sus difuntos, pero una pareja y su hijo tuvieron la mala idea de aprovechar que ese día no había mucha gente para presentar sus respetos a un pariente fallecido y supuestamente inhumado en ese lugar. El niño, inocente del lugar en que estaba, jugueteaba corriendo alrededor de sus padres mientras ellos caminaban hacia la sepultura donde creían estaba su ser querido. De pronto, el muchacho tropezó con unas plantas y su ropa se atascó en las ramas. Lejos de poder desengancharse, parecía que ésta lo estaban sujetando y jalando, por lo que rompió en gritos de auxilio. El padre llegó corriendo para sujetarlo y tratar de arrastrarlo hacia afuera, pero el arbusto sin hojas empezó a estirar sus ramas y a hacerse más grande y enganchó al hombre y seguidamente a su esposa que había llegado para ayudarlo. Sólo por algunos instantes se escuchó ruidos de pelea y gritos pidiendo auxilio. Luego vino el silencio total. No quedó nada.

Pero la tragedia ocurrió el domingo siguiente, cuando el camposanto recibía la mayor cantidad de visitas.

Las plantas estaban por todos lados y seguramente estaban hambrientas puesto que se habían atrevido a mostrarse a plena luz del día. Lo que había ocurrido el viernes aplacó la necesidad de sólo una de ellas, así que los animales-planta, que actuaban por instinto, seguramente no tendrían ningún impedimento de atacar, aunque se hiciera evidente su presencia.

A mediodía, cuando gran cantidad de familias estaba en el cementerio, los animales-planta iniciaron el ataque. Las ramas marrones salían de todas partes y se alzaban hasta más de dos metros como dedos esqueléticos y caían sobre las personas. Después de unos segundos de sorpresa, la gente comenzó a defenderse como podía, pero era imposible. Las ramas eran demasiado duras y resistentes como para destruirlas sin tener alguna clase de arma. Cada vez salían más ramas del suelo y capturaban a más personas. Quizá sin proponérselo, las ramas que habían salido de la zona de ingreso bloqueaban la puerta e impedían la salida. En el fondo, no hubo lucha ni resistencia alguna, porque su fuerza era mucho mayor que la de los humanos, y la dureza de la corteza no tenía competencia en la suavidad de la piel de sus víctimas. Lo que hacía la gente era solamente tratar de escapar de la amenaza, pero no había por dónde, y media hora después, todo quedaba en silencio otra vez, mientras los monstruos se replegaban, y dejaban el lugar como al inicio, tan limpio que no se podía notar que minutos antes hubo tantos visitantes y también una batalla campal por sobrevivir.

Solamente las personas que no llegaron entrar al cementerio, aquellos afortunados que recién estaban acercándose o los que se demoraron comprando flores o recuerdos para dejarles a sus fallecidos, quedaron como testigos del horror, pero lo único que pudieron hacer fue escapar y dar parte a las autoridades.

Como es de suponer, algunos de los testigos llegaron a tomar fotos de lo ocurrido, e incluso a hacer filmaciones con sus celulares, en tal forma que la masacre había quedado registrada, pero además, el terrible enemigo quedó en evidencia.

El Gobierno se reunió en pleno para analizar la situación. Era considerada de suma gravedad porque no se tenía idea de con quién se enfrentarían. Sin embargo, la información que tenían era que se trataba de seres mutantes que se alimentaban de animales. Pero seres orgánicos al fin, nada que no pudiera ser destruido con un bombardeo adecuado. Al menos esa era la idea inicial.

Sin embargo, el encargado del Interior, tuvo una idea novedosa.

"Señores: ustedes son conscientes que la mayoría de las personas de la ciudad están condenadas a morir por la radiación que han recibido. Y esto ocurrirá más temprano que tarde. Por otro lado, el trabajo que hacen los animales-planta es muy limpio. No quedan ni trazas de contaminación. Creo que podríamos utilizarlos para de una vez por todas descontaminar la ciudad y si analizamos el costo beneficio, estimo que se saldrá ganando, porque se ahorrará ingentes cantidades de dinero en tratar a los afectados por la radiación y en la reconstrucción de la ciudad."

"Buena idea. Pasemos a discutirla." Se escuchó, y aunque la premisa era totalmente cierta, no podía dejar de tener un tono macabro. Sin embargo, debía predominar la democracia así que se sentaron en la mesa para iniciar el debate y decidir por mayoría simple.

Rumi Mayu

El arqueólogo Alba había logrado un éxito más con el descubrimiento de una ciudadela casi perfectamente conservada en plena costa. Incluso los cadáveres de la gente que había fallecido de una forma que sería materia de estudio y que poco a poco y con todo respeto iban siendo retirados, eran parte de la investigación histórica, pues revelaban, después de pacientes estudios, cómo era la vida en esa época. Por el tipo de construcción, los petroglifos, y por el estudio por radiación de los huesos humanos, se estimaba que la ciudadela de Rumi Mayu databa de aproximadamente 2000 años AC. ¡Todo un hallazgo!

Y como en muchos casos, todo se había iniciado hacía como dos años, cuando unos pobladores de lugares cercanos, y que estaban de paso por la zona, habían encontrado ocasionalmente el pedazo de un medallón color dorado, que efectivamente había resultado ser de oro de altísima ley, confeccionado artesanalmente, pero con mucha maestría.

A pesar de la discreción con la que trataron el tema, no pudieron evitar que la noticia se filtrara, y al poco tiempo ya se podía ver a mucha gente con lampas, picos, y cualquier herramienta que les permitiera excavar, trabajando frenéticamente en el lugar tratando de emular a los que tuvieron suerte. Incluso algunos ya habían armado tiendas de campaña para quedarse a dormir a fin de no perder tiempo en su labor.

Algunos que tuvieron buena fortuna, encontraban pequeños objetos hechos del valioso material y que justificaban todo el esfuerzo realizado. Pero otros no lograban más que sacar arena y más arena.

Un día en que se desarrollaban estas alucinadas labores, uno de los pobladores, no sabemos si llamarlo afortunado o no, encontró lo que parecía ser una osamenta, un esqueleto con algo de vestimenta totalmente deteriorada por el tiempo, que si bien indicaba que el cadáver debería haber estado enterrado muchos, muchísimos años, a un lego en el asunto no le daba información de cuántos, y seguramente más por temor que por responsabilidad, dio aviso a la policía para no verse involucrado en un posible asesinato o en el ocultamiento de uno. Los agentes comprobaron que se trataba de un cadáver totalmente momificado, muy bien conservado por la sequedad de la arena en la que estaba enterrado.

De ahí a darle aviso a Alba, no medió demasiado tiempo, no más que el que toma una llamada telefónica. El científico se apersonó con su equipo de especialistas para evaluar los restos humanos encontrados, y por supuesto con un nutrido contingente policial para desalojar a los huaqueros. El resultado dejó estupefactos a todos: el cadáver pertenecía a un varón con una antigüedad todavía estimada en forma muy preliminar, en más de dos mil años. Pero necesitaban más estudios para aproximarse al verdadero valor. Sin embargo, por la experiencia en casos similares, Alba pidió apoyo a los agentes policiales para que estén a la expectativa de los lugares aledaños de donde se encontró el cadáver, porque se imaginaba que se trataba de algún poblado antiguo cuya dimensión aún no se conocía y sabía que había el peligro inminente de que se produjeran excavaciones ilegales y saqueos puesto que ya se sabía de la existencia de objetos de muchísimo valor, como antigüedades de artesanías, tejidos y objetos de oro, plata, o hasta piedras preciosas.

El contingente del orden no tardó en desalojar a todos y a acantonarse delimitando preliminarmente una zona de varias hectáreas que quedarían bajo su vigilancia. Tenían la orden superior de apoyar a Alba y contaban con una disposición del gobierno local que declaraba la zona como arqueológica e intangible y bajo la protección del instituto de cultura.

Fue así que después de cuidadosas mediciones y estimaciones, se determinó una posible área de ocupación de la zona que comprendía en el doble de lo preliminarmente considerado, que fue cercada para evitar el ingreso de intrusos, y también para planificar el trabajo de investigación. Los indicios todavía no indicaban nada: solo un cadáver y algunos restos de medallones de oro no significaban mucho, pero era preferible equivocarse que exponerse a que realmente hubiera algo valioso y que fuera depredado por la gente codiciosa.

Seis meses después, quedo claro que la decisión había sido la correcta. Conforme se iba excavando, se encontró más cadáveres de hombres, mujeres de todas las edades y en diferentes situaciones: dentro de rústicos edificios, junto con osamentas de animales, en habitaciones que aparentemente eran los domicilios familiares. Daba la impresión que la vida estaba transcurriendo de la manera más normal y ordinaria, y sin razón ni explicación aparente, todo había quedado enterrado, como si se hubiera detenido el tiempo de improviso y todos hubieran quedado congelados haciendo sus actividades cotidianas. Algo así como lo que ocurrió en Pompeya, pero con la diferencia que por la zona no había volcanes ni montañas altas que permitieran presumir que una inmensa descarga de lava o algún gigantesco alud hubiera caído repentinamente y cubierto la ciudad. Además, si esto último hubiera sucedido, se habría encontrado otro tipo de material, probablemente roca volcánica en un caso o tierra y piedras en otro, y no simplemente arena. Por supuesto que podría haber sido una poderosísima tormenta de arena, que ni en la actualidad ni en el pasado más cercano se había producido, pero como el clima cambia con los siglos, era posible que cuando ocurrió el nefasto suceso, si hubiera habido este tipo de fenómenos. En fin, todo, absolutamente todo, era materia de investigación y esto era lo más emocionante para el arqueólogo y su equipo.

Las investigaciones confirmaron que las ruinas tenían más de ¡4000 años de antigüedad!, y los estudios del terreno, que la ubicación era en medio de una zona desértica, pero que en su momento estuvo rodeada de campos agrícolas y ganaderos. Eso lo determinaron por la cantidad de fósiles de animales muertos perfectamente conservados y diferentes tipos de plantas comestibles que se encontraron dentro de la ciudadela y en las zonas circundantes. También se llegó a descubrir, analizando áreas cercanas en las zonas más altas, alejadas varios kilómetros, que antiguamente había corrido un rio que fertilizaba los campos y que se había dividido en dos, de tal manera que la zona desértica donde estaba la ciudad se encontraba entre dos cauces, es decir, como la Mesopotamia. Evidentemente, ambas corrientes de agua se habían secado o cambiado el curso, pero ya no existían en la zona.

Pero ¿por qué se habría construido la ciudad en la zona desértica y no en la que era regada por el rio? Pues Alba y su equipo dedujeron que, al ser su agricultura y ganadería muy rudimentarias, entonces no tenían la suficiente tecnología para maximizar el uso de los recursos, y los utilizaban tal cual se los proporcionaba la naturaleza, pero sabiamente entonces, reservaban estas áreas para las actividades productivas, mientras que la zona desértica la empleaban para sus edificaciones.

Todo esto era muy lógico, pero el reto era averiguar qué había pasado, por qué esa civilización o poblado o reino, o lo que fuera, había desaparecido estando todo tan intacto. Era un misterio muy estimulante.

Para ello, el grupo de estudio se había dividido en varios subgrupos, algunos de los cuáles se dedicaron a recorrer los poblados de los alrededores, pues la fuente oral, las historias que se transmiten de boca en boca, a pesar de los cientos de años transcurridos, vienen a ser uno de los principales nutrientes de la investigación, pues las leyendas persisten, aunque tal vez algo distorsionadas. Otros subgrupos se quedaron en las ruinas de la ciudadela, buscando más indicios.

El trabajo de estos últimos fue coronado cuando encontraron en una de las edificaciones, que debió ser un templo o construcción de uso religioso, unos telares con grabaciones en tintes muy fuertes que indudablemente eran un lenguaje escrito, algo realmente inédito para la zona y el periodo histórico en que ocurrieron los hechos. Era una civilización adelantada para la época y para el lugar. Sin embargo, había desaparecido por razones desconocidas mientras que otras poblaciones alejadas con menor desarrollo habían sobrevivido y ahora constituían poblaciones de las que se esperaba obtener mayor información.

Los telares fueron mantenidos en la zona, en un museo de sitio que se había edificado para el efecto, pero se enviaron fotografías a universidades especializadas y a institutos arqueológicos que los recibieron muy entusiastas y que además enviaron delegaciones para apoyar en las investigaciones. De la noche a la mañana el lugar se había convertido en un centro mundial de estudios, con especialistas y científicos que venían a aportar lo mejor de sus conocimientos para desentrañar el misterio.

En base a los datos obtenidos de los telares, las narraciones de las historias o fábulas que se fueron transmitiendo de generación en generación y que pudieron ser obtenidas en las entrevistas con los pobladores de las aldeas aledañas, y los análisis de los restos arqueológicos, pudieron ir construyendo una hipótesis de lo que había sucedido. Como era de esperarse de los especialistas, las narraciones que eran la tradición oral de los pueblos, debía ser analizada muy cuidadosamente, pues si bien contenía datos importantes, no era menos cierto que con la cantidad de años que habían pasado, había una alguna o mucha desviación con respecto a la trama original, pero por eso mismo es que debía ser contrastada con las otras fuentes para quedarse con lo que tenía consistencia histórica.

Efectivamente, se trataba de una población bastante avanzada para la época, que se dedicaba a la agricultura y la ganadería en forma muy pacífica, y que había logrado un desarrollo cultural y tecnológico muy superior al de sus vecinos en base al perfeccionamiento de las actividades económicas que se veían muy favorecidas por la ubicación en el medio de los ramales del río Mayu. Además, por la decisión muy sabia que habían tomado durante los albores de su civilización de no ocupar terrenos cultivables con edificaciones, sino aprovecharlos al máximo y más bien explotarlos en la producción agropecuaria para el beneficio del pueblo.

Esta pequeña nación vivía aislada de las otras. Si bien es cierto al comienzo y como cualquier otra civilización, había tenido un origen violento, basado en la conquista por la fuerza de esta tan favorable zona, luego tuvo un período muy largo desarrollo cultural protegida por justamente encontrarse establecida en el medio de los ramales del río, que la hacían bastante inaccesible, a pesar de estar en una zona plana sin montañas. En esta forma, cualquier ejército enemigo que los atacaba, debía de cruzar el rio, y eso era aprovechado por los defensores para derrotarlos por la dificultad que de acción. Además, su ejército había ido evolucionando hasta hacerse muy poderoso, y aparentemente nunca se había dormido en sus laureles, y se mantenía vigente y con toda su capacidad bélica para la autodefensa.

De la interpretación de la lectura de los textiles, se pudo concluir que en alguna etapa el pueblo estuvo gobernado por una joven pareja que tuvo un periodo corto de reinado. Los soberanos habían heredado el poder de los padres de él, y eran considerados en la práctica unos dioses, no sólo por ostentar el cargo de máxima autoridad sino porque habían llevado al auge a la civilización. Hasta aquí, esta historia era muy parecida a la que ocurre en otras civilizaciones en todo el mundo, en que en algún momento los líderes de los pueblos se conviertes en dioses y luego la transferencia del poder se vuelve hereditaria. Sin embargo, tuvieron que lamentar la muerte del rey debido a una enfermedad misteriosa. Hubo inclusive sospechas de que fue asesinado, aunque eso no se pudo comprobar, y como la vida tenía que seguir, la reina continuó al mando de su reino dando muestras de gran inteligencia y sagacidad como estadista, de modo que los últimos quince años, según estimación según los períodos de siembra y cosecha, antes de la destrucción de la civilización, habían sido también de un progreso impresionante.

La reina Ludika estaba dedicada a su pueblo, su obsesión era mantener el ritmo de progreso no solamente en el bienestar de los aldeanos, sino en tecnologías en los diversos campos de conocimiento: habían desarrollado la agricultura, de tal modo que ahora tenían nuevas generaciones de plantaciones más resistentes a las plagas y de mayor tamaño, con lo que tenían alimentos en exceso para ellos. Igualmente, se había conseguido disponer de pastos para la ganadería, optimizando su uso de modo que no había problemas de limitación de alimento ¡ni siquiera cuando por problemas climatológicos la producción agrícola era menor, o cuando se arruinaban las cosechas o había plagas que atacaban a sus animales había escases de alimentos! Porque habían aprendido a almacenar provisiones justamente para estas ocasiones. Así las cosas, habían desarrollado un comercio bastante activo con poblaciones vecinas, lo que les permitía obtener otros productos para complementar sus necesidades. Los bienes que recibían eran también productos agrícolas y ganaderos, pero asimismo conseguían artesanías cerámicas, algunas también producto de metalurgia de cobre y fierro rudimentaria, pero más bien escasa orfebrería y platería, pues estos metales que también eran considerados preciosos, eran muy difíciles de conseguir.

Lo que si no se permitía era que entraran extranjeros, y para eso el General Périmos, jefe supremo de las milicias, tenía un poderoso ejército que resguardaba las fronteras en cumplimiento de lo dispuesto por la soberana. El ejército estaba en realidad sobredimensionado para esta necesidad, pues era inmensamente superior en número, armamento y preparación, a cualquiera de los que tenían los otros pueblos, que en realidad no eran ejércitos sino montoneros que se juntaban en caso necesario, pero que nunca lo habían hecho contra Rumi Mayu, porque era evidente que serían desaparecidos del mapa. En realidad, se habían auto convertido en satélites secundarios de la gran civilización.

Dentro de Rumi Mayu, se corría el rumor, desde el mismo momento en que había muerto el rey, que algo había tenido que ver Périmos con el asunto, aunque no había pruebas. Por otro lado, debido al poder que ostentaba, además del reconocimiento de las autoridades y población en general por la defensa de su territorio, hicieron que todo no pasara de habladurías, así que prevaleció la versión oficial que la muerte del rey había sido por enfermedad.

El interés de Périmos, que era real y siempre había existido, aun antes que Ludika asumiera el reinado, era exclusivamente por ella, por amor, sin ningún interés por el poder. Pero a pesar de sus esfuerzos y el discreto cortejo que le dirigía para obtener en principio su atención, y posteriormente algo de reciprocidad, nunca tuvo ninguna respuesta. Y es que Ludika estaba dedicada en cuerpo y alma a su función de gobernante, y se sentía comprometida por el reconocimiento y cariño que le profesaban sus súbditos.

Sin embargo, un fenómeno natural determinaría el cambio en el cauce de lo que ocurría en el poderoso imperio. Un día de verano, ocurrió una violenta tormenta de arena, un huracán que hizo que las arenas donde estaba asentada la ciudad se levantaran formando una nube que convirtió el brillante día en algo oscuro y tenebroso, la poca luminosidad que dejaba pasar la arena no podía ser observada por los habitantes porque el polvo pétreo podría hacer perder la visión a quien se atreviera, y la única manera de soportarlo era envolverse la cara con los propios ropajes y tenderse en el suelo, o para los más afortunados que en ese momento se encontraban dentro de algún edificio, cerrar puertas y ventanas de la habitación y esperar.

Una vez que terminó la tormenta, la gran preocupación de la reina Ludika era el efecto que había tenido este fenómeno en las afueras de la ciudad, sobre los campos de cultivo y los establos de animales. Y como la situación era de emergencia por el desastre, llamó al General Périmos para que saliera a inspeccionar y ayudar a donde se pudiera para que la situación se normalice lo antes posible.

Afortunadamente, si bien algunos campos de cultivo habían sido afectados, y un censo ganadero determinó una mortandad de un 15% de los animales, se pudo confirmar la muerte de alrededor de cien personas y otras trecientas desaparecidas, lo cual podía considerarse como un daño menor si se tiene en cuenta la violencia del desastre natural.

Las operaciones de rescate, búsqueda y rehabilitación de las zonas afectadas continuaron por varios días. Había que retirar la arena de los campos y reconstruir los establos. Conseguir alimento para el ganado. Para la población no había problema, porque de los almacenes se podía conseguir los alimentos y ropa necesaria. El agua no presentaba ninguna dificultad, ya que los dos ramales del rio bridaban toda la necesaria, y aún más.

La ciudad era la que menos había sufrido, a pesar que los edificios se encontraban totalmente arenados y las calles cubiertas también por el material. Lo único bastaría sería una limpieza a fondo y todo quedaría como originalmente estaba. Y en ese aspecto, los propios pobladores con la solidaridad y civismo que los caracterizaba, hicieron el trabajo organizadamente, con lo que en poco tiempo no quedó huella alguna de lo que había sucedido.

En el medio de la plaza principal, donde había pasado la corriente arenosa con mayor fuerza, se notaba como una hondonada por la gran cantidad de material que se había llevado el viento. Un poblador que se encontraba en los alrededores, que recorría asombrado las inmediaciones, se acercó a la parte central, y se encontró con algo extraño: de la parte más honda, habían aflorado a la superficie dos pedazos de roca dorada, cada uno como del tamaño del huevo de la gallina cada uno, pero con forma totalmente irregular. Tomó ambos y luego de admirarlos, los llevó al palacio de la reina, tal como correspondía a un ciudadano responsable, con la finalidad de entregarlos para que ella decidiera lo más conveniente. En la puerta, se encontró con el General Périmos, quien le recibió las rocas, pero rápidamente se dio cuenta de lo que estaba observando entre sus manos. Así que luego de pensarlo por algunos segundos, decidió hacer algo que nunca se esperaría que pudiera ser el comportamiento de él: tuvo la idea que eso lo acercaría más a la reina, que era su obsesión secreta de tantos años. Tomo las dos rocas, de oro, porque eso era el material, y fue a las afueras de la ciudad solicitando permiso de la reina, pero sin informar acerca de lo que realmente quería hacer, con el pretexto de ir a las poblaciones aledañas para observar los efectos de la tormenta de arena. La bondadosa reina, pensando en que también podrían necesitar ayuda, dio la autorización a lo solicitado.

Périmos fue con sus soldados a las afueras del reino, cruzó el rio y mandó a las tropas a visitar los pueblos con los que normalmente tenían relaciones comerciales, y dio las indicaciones pertinentes para que si fuera el caso, se prestara ayuda inmediata, o de lo contrario, se preparara un informe para él personalmente tomar la decisión de lo más conveniente. Entonces se separó de su ejército con rumbo desconocido, indicando que regresaría en tres o cuatro días.

El General se dirigía al poblado de Aureca, no muy lejano de Rumi Mayu y cuyo avance cultural era bastante menor que el de su nación, pero famoso por una orfebrería de primer nivel. Ubicó al mejor artesano y le pidió que le confeccionara una joya exquisita para regalarse a su amada, y le entregó las dos piedras doradas. Incluso el mismo artesano se sorprendió por la pureza del precioso metal, así como del tamaño de los objetos que le estaba entregando, pues en ninguna mina se encontraba semejante concentración y calidad. El orfebre, durante la conversación con Périmos trataba de obtener información del lugar donde se había ubicado tal maravilla seguramente con la intención de tratar de beneficiarse con el hallazgo, pero el lacónico militar ni siquiera se molestaba en contestarle, simplemente estaba a la espera de que cumpla con la fabricación de la diadema que le había pedido.

El experto orfebre no tardó en fundir el material, y de esa forma separar el metal del mineral y fabricar por un lado los filamentos que servirían para la filigrana, y por otro las placas con las que haría maravillosas aplicaciones. Al tercer día tenía lista la joya. Algo nunca visto por la pureza del material, que brillaba y relucía espectacularmente.

Muy contento, regresó y ordenó a sus tropas enfilar hacia Rumi Mayu, mientras recibía información de las actividades que habían realizado. Finalmente, entró a la ciudad y se presentó ante Ludika, y luego de explicarle las acciones de apoyo y ayuda que había dispuesto, respiró profundamente, y una vez más le confesó su amor y su deseo de que ella lo acepte. Y acto seguido le ofreció la joya que había mandado confeccionar.

Ludika quedó muy sorprendida y emocionada, como mujer, con las palabras de Périmos. Y aunque ya conocía sus sentimientos, no dejaba de halagarla que de cuando en cuando él le dedicara unas palabras mostrándole su deseo, y haciéndola sentirse amada y humanizada, con lo cual su autoestima crecía y revivía el espíritu delicado y femenino que tenía guardado y reprimido, porque pensaba que antes que todo estaba su pueblo. Pero esta vez, Périmos le había entregado una joya tan perfecta que ella se quedó admirándola encandilada. Nunca había tenido, y nunca había deseado algo como el dorado objeto, y sin embargo, en esta ocasión, no podía dejar de mirarlo abstraída. Más aun cuando el mismo Périmos se lo colocó en su delicado cuello.

Y la situación llegó al éxtasis en ella cuando pudo ver su imagen en un espejo que le alcanzaron unas doncellas que la rodeaban. Lo que nunca había sentido empezó a aflorar en ella: la vanidad. Pensó que no en vano los años habían pasado y dejado huella en su ser, borrando poco a poco la frescura de su juventud, pero que ahora veía que regresaba al usar las áureas filigranas. Y pensó que le gustaría tener más joyas como esa.

El General le confesó el origen del material y la forma fortuita en que lo había obtenido. Además, sobre el viaje especial que había realizado para que el orfebre experto hiciera el trabajo que ahora ella disfrutaba. La reacción de Ludika fue instantánea. No le ordenó, sino que le pidió, le rogó a Périmos que le consiguiera más de ese oro, y mandara a confeccionar joyas para adornarse. Ante este pedido, y sobre todo por la forma en que se lo había solicitado, Périmos no dudó ni un momento e inmediatamente organizó una cuadrilla de soldados para que vayan a cavar en la zona del centro de la plaza principal, con la esperanza de que hubiera más metal precioso a ser encontrado.

El asunto era bastante complicado por la inestabilidad de la arena. No bien se cavaba un poco, se producían derrumbes. Sin embargo, el mejor aviso de que estaba en el camino correcto fue que durante la excavación encontraron una pequeña roca dorada, más pequeña que las otras, pero que era la confirmación que si continuaban con el trabajo, irían haciendo más hallazgos.

Sin embargo, era necesario convocar a los mejores constructores para que ayudaran a resolver el problema de los deslizamientos de arena, porque eran un peligro inminente para los que trabajaban. Así que éstos diseñaron los mejores andamios, soportes, encofrados y todo tipo de refuerzos para logra escavar verticalmente con seguridad. Paralelamente, Périmos le llevó a Ludika lo que habían encontrado, prometiéndole que en cuanto consiguiera algo más de este material, lo llevaría él mismo para que le confeccionaran una joya aún más bella, y no pudo evitar agregar *"que por más hermosa que fuera, no podría ni siquiera acercarse a la belleza de la reina."*

El trabajo era lento y agotador, parecía que sería infructuoso, pues luego de excavar como unos diez metros, recién pudieron encontrar otra pequeña piedra. Périmos designó más soldados para acelerar los trabajos, y mandó a traer de otros lugares a expertos constructores para que ayudaran con las labores del cálculo para el reforzamiento del pozo que estaban construyendo. Sin embargo, por la profundidad que estaban alcanzando, cada vez se necesitaba más gente para mover la arena, y sacarla de la ciudad. No era posible ni aconsejable poner a trabajar a todo su ejército en esta tarea pues dejaría al reino desguarnecido.

Fue a conversar con la reina, quien sorpresivamente le dijo: *"el pueblo tiene de todo, y lo seguirá teniendo, alimentos, trabajo, desarrollo, comodidades, y todo por la forma en que han sido gobernados. Me lo de-*

ben a mí, y por eso es justo que de alguna manera me lo paguen. Quiero que sigan trabajando y te ordeno que consigas más gente para acelerar el avance."

Ludika nunca se había expresado así, era la primera vez que hablaba en forma tanególatra, y sin embargo Périmos que sentía que estaba haciendo algo tan personalísimo en favor de ella, se sentía impulsado a cumplir el pedido, con la esperanza que cuando lo completara ella lo aceptaría sentimentalmente, tal como ya lo había empezado a percibir.

Périmos sabía que no debía usar a su ejército, pero tampoco podía utilizar al pueblo, porque si así lo hiciera, pondría en peligro la estabilidad de la economía del reino, así que no encontró mejor solución que embarcarse en una aventura bélica para conseguir mano de obra, es decir, esclavos. Para ello no habría inconvenientes, porque su ejército era inconmensurablemente superior a cualquier otro, además el factor sorpresa estaría de su lado pues atacaría sin siquiera la necesidad de ensayar un pretexto.

Y así, después de muchos años, se inició una verdadera agresión sin fundamento y sin explicación alguna que la justificara. No era para defender a la nación, ni para emprender la conquista de otros territorios para extender sus dominios, sino con el subalterno objetivo de conseguir trabajadores para el proyecto que tenía como único fin, satisfacer el impredecible y enfermizo deseo de la reina Ludika.

Gerón, el sabio sacerdote y consejero, se acercó a la soberana para tratar de hacerla entrar en razón, pero algo no estaba bien en ella porque no lo escuchaba como lo había hecho antes. Le explicaba que el pensamiento de sus antecesores y de su difunto esposo siempre habían estado por encima de las cosas superfluas y mundanas, y que el enfoque había estado en el desarrollo de la nación. Pero ella no quería entender.

En ese momento, llegó Périmos para informar a su amada. Habían encontrado tres piedras más, la excavación ya tenía como cien metros de profundidad, y había conseguido mano de obra de los pueblos aledaños, con lo cual podrían iniciar la excavación lateral en forma simultanea de varios túneles para aumentar la probabilidad de encontrar más piedras doradas. Él se iría en busca del orfebre y regresaría en tres días con la joya, pero le informó que ya había dejado dispuesto todo. Gerón lo encaró, haciéndole notar el mal que estaba haciendo en seguir con esta extravagante pretensión de la reina, a quien también invocaba que recapacite. Pero la posición de la reina era férrea: era el momento que se hiciera algo por ella que tanto había hecho por el pueblo. Y Périmos no tenía oídos y voluntad más que para su reina y amor platónico.

En eso llegó un soldado, para informar que uno de los túneles horizontales había colapsado, y habían quedado enterradas unas cien personas, entre soldados y esclavos. Périmos, apretando los dientes, ordenó que fueran a capturar más esclavos, que se dispusiera personal para desenterrar el túnel y que se abrieran otros para obtener mejores resultados.

Mientras tanto, Gerón se retiró impotente y decepcionado.

Al regreso de Périmos, el avance en los túneles y cavernas había sido importante. Y es que eran miles las personas que habían sido puestas a trabajar, tejiendo una enmarañada red por debajo de la ciudad, como si fuera un hormiguero, pero que no dejaba de dar frutos: habían encontrado varias piedras doradas y de mayor tamaño. Si racionalmente se hiciera un balance, la conclusión hubiera sido que estos frutos no compensaban el esfuerzo realizado ni las vidas perdidas.

El General, se presentó ante Ludika con la nueva joya, que la hizo sonreír y aparecer ante su pretendiente como más radiante de lo que él siempre la veía. Cuando le informó de los nuevos hallazgos, ella no se dio por satisfecha, quería más, y más y más.

Así que Périmos fue personalmente a la excavación para arengar, obligar, exigir mayor esfuerzo. También mandó a otro contingente de soldados para conseguir más esclavos. Él sabía, o por lo menos presumía, que esta alocada labor cobraría más víctimas en algún momento, y para no desilusionar a su amada, evitando que se redujera el ritmo de las excavaciones, quería tener preparado un contingente de relevo, que le serviría tanto para esta eventualidad como para el caso de gente agotada o medio asfixiada a pesar de los sistemas de ventilación que se habían acondicionado, que debía ser retirada de la excavación.

Con las piedras doradas que habían encontrado, se dirigió nuevamente a Aureca, esta vez para pedir al orfebre que diseñe y prepare la mejor joya que nunca se hubiera visto, para adornar todo el cuerpo de Ludika, su cabello, sus brazos, sus muñecas, sus manos, sus tobillos. La cantidad de oro que había traído era más que suficiente para lograrlo. Pero le tomaría tiempo. No menos de una semana. Pero el impaciente Périmos le exigía que lo hiciera más rápido.

En Rumi Mayu, las excavaciones habían llegado al extremo. Prácticamente la ciudad estaba sobre una burbuja de aire, y por más que se habían hecho todos los refuerzos posibles y conocidos en la época, el destino que esperaba a la ciudad era previsible. Las excavaciones también habían llegado a zonas debajo del lecho del rio, y poco a poco empezaron a haber filtraciones, y en un momento que nadie esperaba, la ciudad tembló. Las bases estaban cediendo, el agua se había filtrado y llenaba los pasadizos haciendo desaparecer a la gente y convirtiendo los techos y paredes en un líquido viscoso que finalmente hizo colapsar todo. Los túneles desaparecieron, la ciudad se hundió, y la naturaleza cobró venganza de aquellos que se atrevieron a desafiarle y por fines tan vanos.

En el lugar donde estaba la ciudad se formó un hueco gigante, de tal forma que los dos ramales del rio se desviaron rellenándolo con agua y arena, de modo que todo desapareció.

Cuando regresó Périmos, encontró el desastre. Solo algún sobreviviente pudo narrarle lo que había presenciado.

El General tomó la bolsa donde traía las joyas, la apretó contra su cuerpo y se metió al nuevo lago que se había formado, para nunca más salir.

Con el paso de los años y decenios, cuando los ríos cambiaron de cause y el lago se secó, incluso la hondonada que había quedado, fue paulatinamente cubierta por la arena impulsada por el viento. Para Alba, esta historia era muy lógica. Los sucesos se sustentaban en los hallazgos geológicos. La desaparición del río era también algo común, sobre todo si los hechos habían ocurrido hacía tanto tiempo.

Sin embargo, el pensamiento que quedaba en su mente era el por qué un hombre es capaz de hacer tanto por el amor de una mujer, y le vino a la memoria un famoso pensamiento, que se cumple días tras día, cualquiera sea la civilización, el país, la sociedad con cualquier grado de evolución y modernidad que se tenga: *"más jalan tetas que carretas."*

Tecnología publicitaria

El motor del mundo es, a no dudarlo, la generación de riqueza, al menos en el mundo moderno donde la economía de mercado rige prácticamente todas las actividades del ámbito privado en todos los aspectos: alimentación, educación, diversión, salud, innovación, investigación, vivienda, o lo que a uno se le ocurra. Las mismas actividades, cuando son consideradas de necesidad social, son gestionadas por la comunidad a través del Estado, pero relativamente en pequeña proporción respecto a la actividad privada y sin la eficiencia de ésta, al menos en muchos casos. Esta eficiencia está basada en el principio de que, si alguna empresa no hace bien las cosas, simplemente desaparece y es por eso que este estímulo de supervivencia la hace tener ventaja sobre la gestión pública, aunque en determinados casos la lleva a cometer excesos.

Lo beneficioso de dejar a las fuerzas del mercado libres para que sean ellas las que generen soluciones y productos para satisfacer las necesidades de los seres humanos, es que permite la búsqueda de las que sean más eficientes y efectivas, y consigan generar la mejor oferta al mercado, o en todo caso, las que produzcan una amplia gama de alternativas para que el usuario pueda escoger de acuerdo a los gustos y necesidades lo que le sea más útil o satisfaga mejor sus necesidades. Otra ventaja es que cuando el producto o servicio es rentable o muy rentable, inmediatamente aparecen otras ofertas sustitutas, con características similares, con mayores o menores precios, lo que permite que el usuario tenga la opción de escoger lo que más le convenga. Así, el comprador se convierte en una persona muy poderosa, porque "quien tiene el poder es aquel que tiene opciones para escoger".

Lo parte dura de este negocio es que para que la empresa que ofrece bienes o servicios sobreviva, tiene que vender, tiene que colocar su producto y recaudar dinero para cubrir sus costos y generar plusvalía. Si no lo hace, desaparecerá irremediablemente. Con el tiempo el arte de colocar los productos para que sean consumidos por el público ha variado notablemente puesto que ahora estas necesidades que tienen las personas muchas veces no son evidentes, sino son de alguna forma descubiertas por las empresas o en algunos casos creadas e implantadas en las mentes de los usuarios de modo que se genere una demanda por el producto que las satisface.

Por eso es de vital importancia para esas empresas hacer publicidad de sus productos para que queden grabados en la mente, en el subconsciente de sus potenciales clientes, para que cuando éstos tengan la necesidad del producto, sientan la preferencia inconsciente de adquirir el que se ha publicitado correctamente y se les ha posicionado en su mente como el que mejor soluciona el problema, pero con el precio adecuado.

Esta necesidad que tienen las empresas de hacer publicidad ha llevado a que se den casos que podrían considerarse extraños, que ocurren desde hace muchísimos años, como es la radiodifusión gratuita de programas de música, noticias, variedades. Si uno se pone a pensar en toda la organización que debe soportar a una radiodifusora entre equipos, antenas, personal, productores, ingenieros, artistas, pago de licencias, y todo lo demás, se puede deducir que hay un costo bastante elevado que cubrir. ¿Y cómo lo hace? Diría la pegajosa canción, ¿Cuál es el negocio? Y claro, la respuesta más que obvia es que la publicidad que contratan los anunciantes de los productos que se quiere colocar en el mercado es la que paga todo. Y esa es la razón, no hay lonche gratis. Las empresas están ávidas de contratar un espacio radial para colocar sus anuncios, cuanto más imaginativos, concretos, pegajosos mejor, y naturalmente que el precio que pagan por ellos son incluidos en la estructura de costos del producto de donde resulta que finalmente es el público el que paga la publicidad. Es así, y está bien.

Esto que se menciona en forma general ocurrió concretamente en la década de 1950 y 1960, cuando se desarrolló la industria televisiva. Bastaba invertir en la compra de un televisor e inmediatamente uno tenía acceso, gratis, a toda la programación de la señal abierta. Igualmente, la compra de espacios publicitarios por parte de las empresas vendedoras de bienes y servicios eran y son el respaldo del enorme costo de la inversión para sacar adelante este medio de comunicación. Los empresarios televisivos locales asumieron el riesgo y el gran reto de invertir en hacer programas en vivo y traer otros del exterior, con la esperanza que el público los vea en forma masiva y también se genere la necesidad que la población compre más y más televisores para que la cobertura publicitaria fuera mayor de modo los anunciantes también evaluaran que era imprescindible usar estos medios para que el público se entere de la bondad de los bienes o servicios que ellos ofrecían.

Otro medio de difusión era y es el de la prensa escrita, diarios y revistas. Ya se ha hecho costumbre pagar un precio simbólico por cada ejemplar, y realmente es un precio simbólico porque si uno hiciera la evaluación del costo que supondría conseguir la cantidad de información que hay en cada uno de ellos, realmente sería enorme. Entonces, concluimos que es también la publicidad la que los sostiene.

Por eso es que en la actualidad no sorprende que muchos servicios que se han convertido en primerísima prioridad en la sociedad actual, sean brindados totalmente gratis, como son las redes sociales por Internet, el Facebook, Twitter, Linkedin, Skype, los buscadores Google, Bing, Yahoo! Y tantos otros que ya nos tienen acostumbrados a proporcionarnos lo que se han convertido en la solución a una de nuestras necesidades apremiantes sin que les paguemos absolutamente nada, y la razón ya se ha explicado. Incluso, para terminar de graficar el tema, entre ellas hay una mega empresa que ha anunciado un proyecto que será totalmente financiado por ellos para colocar satélites (¡satélites nada menos!) en el espacio para que irradien wi fi gratuito por todo el mundo, es decir, para que el público objetivo pueda recibir su servicio gratuitamente, pero también mensajes publicitarios de todo el mundo y ya sabemos por qué. ¿Regalaran también laptops para que usuarios objetivo puedan aprovechar la señal inalámbrica? Posiblemente sí. Tanto podría ser así que las empresas mencionadas que son muy grandes y poderosas, mueven millones al año, y se sustentan, como ya se ha dicho, en el espacio que brindan para difundir publicidad, porque las empresas anunciantes quieren vender más.

La empresa Publi-axón Neuronal S.A., líder en el país, que tenía cerca del 15% del mercado publicitario, además de posiciones importante en todos los otros países de la región tenía muy claros estos conceptos. Sabía que al hacer campañas publicitarias exitosas iba a ser contratada por más y más empresas, y eso la mantendría como la de mayor valor del medio en la especialidad. Pero también tenía claro que ya no bastaba crear el anuncio y colocarlo en el medio de difusión, porque es tal el bombardeo que recibe el comprador-objetivo en cuanto prende la radio, el televisor, la computadora o cuando abre un periódico, que la reacción automática e inconsciente es cambiar de canal, pasar a otra página o darse un respiro dedicándose a otra cosa mientras pasa la tanda de avisos.

La idea general era contrarrestar esta acción de evasión consciente que el público realiza cuando le presentan anuncios que en muchos casos incluso les llega a provocar fobia, por un método indirecto, imperceptible, totalmente eficiente y que redujera los costos radicalmente, de tal modo que no se pondría a un paso adelante de sus competidores, sino que serían varios, muchísimos, algo así como una vuelta completa a la pista atlética.

El proyecto lo había estado desarrollando por un buen tiempo y había llegado la hora de plasmarlo en la realidad. Publi-axón Neuronal S.A., sabía que tenía que usar la tecnología, en este caso la tecnología electrónica para forzar la captación de la atención del público objetivo. ¿Por qué la tecnología electrónica? Porque todos usan este tipo de aparatos en algún momento del día, especialmente los Smart

TV, celulares, Tablet, y los Laptops de todas las marcas y modelos, desde los originales de los fabricantes más prestigiosos hasta las copias hechas por empresas emergentes, con lo que se cubre un amplísimo espectro desde el punto de vista de la economía: precios que van desde valores muy altos para las personas con mayor capacidad adquisitiva hasta los adecuados para el uso masivo popular.

Debido a que su uso está muy difundido, tanto que según informaciones de las propias empresas que los comercializan hay muchos más equipos en el mercado que pobladores en el país, el programa comenzaría con teléfonos celulares. Para ello, contrató a una empresa japonesa offshore para que desarrollara un dispositivo, un chip o algo más pequeño, que pudiera incorporarse a los teléfonos celulares y que tendría la característica de estar conectado a la central de Publi-axón Neuronal S.A., que le enviaría señales para que emita en ultra sonido, los mensajes publicitarios que le contrataran. Así, el usuario del teléfono recibiría tandas publicitarias cada vez que usara el celular, pero en forma inaudible, no lo notaría. De este modo se evitaba que pudiera solicitar a la compañía telefónica que le restringieran ese tipo de avisos. No escucharía nada, pero el mensaje se le grabaría en la memoria.

También se había estudiado cuidadosamente el aspecto legal. Puesto que no habría una señal audible ni nada que pudiera ser percibido por el usuario, entonces no se estaría invadiendo su privacidad, o al menos no había en la legislación nada que hubiera previsto este tipo de transmisión de información, y en consecuencia, si no estaba prohibido o regulado, podía aplicarse sin problemas. También se había anticipado que mientras el tema pasara a la agenda nacional, los legisladores estudiaran y analizaran el caso, y se elaboraran y aprobaran los dispositivos que ahora estaban faltando para llenar el vacío legal, fácilmente transcurrirían algunos años, así que el proyecto estaría completamente pagado y rentabilizado para entonces. Más aún, si percibían que esta legislación iba a salir antes de tiempo, se podría destinar algún dinerillo para frenarlo y retardarlo. Y ellos sabían bien a que se referían.

El siguiente paso fue hacer un convenio con una empresa grande de fabricación de teléfonos celulares. El trabajo contratado consistía en que el fabricante incorporaría el micro dispositivo en sus celulares, y como contraparte habría campaña publicitaria que desarrollaría Publi-axón Neuronal S.A., con garantía absoluta de incremento de ventas en por lo menos 50% para el primer año, y porcentajes sustancialmente altos para los siguientes. Era un negocio ganar-ganar para ambos, así que no hubo que esperar demasiado para que se pusiera en práctica. Si se llegaba a la meta de ventas ofrecida, el retorno que obtendría la empresa fabricantes de los celulares compensaría superlativamente los costos operativos. Sin embargo, si esto no ocurría, el contrato establecía brutales penalidades que harían quebrar a la empresa publicitaria. Se la estaban jugando, pero Publi-axón Neuronal S.A. consideraba tener todo bajo control y que no existía ninguna posibilidad que fallara su proyecto, por eso puso toda la carne en el asador, como se dice. Esta asociación iría mucho más allá, porque si tenía éxito, el compromiso era hacer una alianza más duradera. Aunque en cuestión de los negocios, nunca se sabe.

El plan consideraba hacer un piloto con cinco mil teléfonos celulares Smartphone de última tecnología, que serían prácticamente regalados por el fabricante, so pretexto de ser una oferta de introducción. Sin embargo, aunque la calidad de los equipos era ya de por sí un imán inevitable, ahora en adición el precio de oferta sacaba de carrera a toda la competencia, a los equipos más sofisticados y a los más simples. Al tercer día ya se habían colocado todos los equipos y entonces Publi-axón Neuronal S.A. pudo continuar con el siguiente paso de su plan: incrementar el volumen de su público objetivo. Simplemente empezó a enviar mensajes en ultrasonido para obligar a los usuarios a difundir las bondades del equipo celular, y a recomendar infatigablemente su compra. Y efectivamente, eso empezó a suceder, el efecto de cascada se empezó a producir intensivamente. Aunque la calidad de un equipo sea buena, no es frecuente que el usuario se convierta en un asiduo vendedor de la marca. A lo más, ante una eventual pregunta de cómo le va con su nuevo celular barato, responderá lacónicamente que bien, pero nunca tomaría la iniciativa de convencer a otros que se compren uno. Sin embargo, eso es lo que estaba sucediendo.

La venta se realizaba ahora con un precio más nivelado a lo que ofrecía mercado, por encima de los otros debido a las mejores características que tenía o al menos por la ventaja que los futuros compradores tenían en la mente por la recomendación que habían recibido.

El equipo empezó a ser demandado muy por encima de los otros, y con un pasmoso efecto multiplicador: cuanto más se vendía, más se incrementaba la demanda, hasta que la capacidad de producción del fabricante de los Smartphone, en parte por compromisos de entrega que tenía que cumplir en otros países, tuvo que resignarse a no poder satisfacer la demanda que se había generado. Pero ya tenía con seguridad el 20% del mercado. Se había cumplido con exceso el ofrecimiento de Publi-axón Neuronal S.A. Era el momento de negociar la segunda parte del acuerdo, de trabajar más estrechamente y a un plazo mucho más largo.

Sin embargo, Publi-axón Neuronal S.A. ya estaba desarrollando sus propios planes de negocios. Ofreció sus servicios de publicidad a cuanta empresa podía, asegurando resultados espectaculares en la venta o la devolución del dinero, y aceptando contractualmente la penalidad que se quisiera. Pero lógicamente como contrapartida, el costo del servicio era bastante elevado. Había empresas que comercializaban detergentes, gaseosas, cereales, chocolates, autos, ropa, zapatos, comida rápida, de todo y a las que logró interesar para que utilicen sus servicios. El principal respaldo que tenía Publi-axón Neuronal S.A. era el éxito que tuvo con los Smartphone, pero las seguridades en el contrato permitieron captar a la mayoría de las empresas invitadas. Los resultados, como era de esperarse, eran espectaculares, nunca vistos. Las personas tenían una inexplicable predilección por los productos de las empresas que habían contratado a Publi-axón Neuronal S.A. para manejar sus campañas. Lo más raro era que no había ni un solo aviso por radio, televisión, diarios, revistas. ¿Qué estaba pasando?

Esa pregunta sólo podía ser respondida por la empresa publicitaria, pero era el secreto mejor guardado. Si se daba a conocer lo más probable era que surgieran competidores o lo más perjudicial, legislación que pudiera llevarla a ser condenada por abuso tecnológico por destruir el libre albedrío de las personas, obstaculización de la libre competencia, daños sicológicos a los ciudadanos, y cualquier tipo de argumento por estar utilizando esta tecnología tan invasiva. Y eso podría hacer que se paralice este rentabilísimo negocio que la llevaría a la quiebra y destrucción.

Pero con el éxito que estaba teniendo Publi-axón Neuronal S.A. se enegueció. Lo primero que hizo fue hacer una oferta hostil para la compra de la fábrica de Smartphone, lo que enfureció a los directivos de esta última. Pero los propietarios, luego de calmarse y ver las cosas más objetivamente, vieron que la oferta era muy buena y finalmente, como negocios son negocios y no buenas razones, aceptaron venderle el 80% de la empresa, y mantener la posición en el resto, lo que les aseguraba grandes ganancias futuras.

Una vez que se concretó la operación, el error de Publi-axón neuronal S.A. fue despedir, en venganza por la inicial oposición a su ofrecimiento de compra, a toda la administración de los fabricantes de Smartphone. Esa fue una reacción emocional que la gente de negocios no debe permitirse nunca, pues si se pasa al plano personal lo que debe ser una mera decisión técnica, entonces aparecerán fallas que luego tendrán que pagarse.

Algunos de los funcionarios despedidos fueron contratados por otros fabricantes de teléfonos celulares, y allí se descubrió el secreto. Muchos de los ex directivos de la fábrica de Smartphone sabían del dispositivo instalado en los Smartphone, así que muy rápidamente tomaron acciones para poder igualar la ventaja del competidor. Fue muy sencillo, simplemente comprar el Smartphone, y luego hacerle una inspección completa hasta ubicar el milagroso microchip, nada más que eso, para finalmente encontrar lo más rápidamente posible empresas que pudieran duplicarlo. También, por supuesto, construir la central de emisión de los mensajes. En menos de treinta días, al costo que fuera, lograron el objetivo, y al equiparar y neutralizar la campaña de Publi-axón neuronal S.A Como resultado previsible, empezaron a recuperar posición en el mercado. Aquilatando la potencia del servicio, hicieron alianzas con empresas publicitarias para incursionar en el negocio de su competidor desarrollando mensajes muchos más elaborados que llegaban imperceptiblemente al cerebro del usuario, de esta forma superando a Publi-axón neuronal S.A. que en ningún momento se preocupó por la calidad de los mensajes, porque no era necesario en ese momento. En realidad, tampoco lo sería en el futuro, pues este solo fue un esfuerzo inicial para obtener participación en el mercado. Así nacieron otras empresas que también se dedicaron al rubro creando "sana" competencia.

En este campo también hicieron retroceder a Publi-axón Neuronal S.A. Pero quienes también retrocedieron fueron las mencionadas empresas publicitarias que habían sido llamadas para entrar en el negocio, y una vez que se obtuvo su cartera de clientes, simplemente fueron desechadas, porque con el sistema del dichoso microchip, no se necesitaba tanto ingenio para implantar ideas en la mente del comprador: bastaba el mensaje puro y duro. Y es de imaginar cómo reaccionaron las empresas publicitarias cuando comprobaron que con el transcurso del tiempo se estaban quedando sin clientes: habían dejado de ser necesarias. Y el desconcierto era mayor porque no sabían y no tenían tampoco manera de obtener información de qué es lo que estaba pasando.

El desarrollo y mejoramiento del dispositivo en las nuevas divisiones de Research & Development era muy rápido con la finalidad de no perder mercado y frenar a la competencia. La inmediata acción de estas oficinas de investigación y desarrollo de Publi-axón Neuronal S.A. logró que se mantuviera a la vanguardia consiguiendo que le diseñen el microchip que no solo transmitía publicidad al usuario del Smartphone, sino que durante la llamada le enviaba señales al interlocutor que estaba comunicándose desde cualquier teléfono celular sin el microchip. Dos pájaros de un tiro. Pero el gran problema que se creó fue el de salubridad mental: cuando la comunicación se hacía con una persona que tenía un Smartphone con el chip de la competencia, el infortunado receptor no solo recibía las señales publicitarias de su propio celular, sino también de aquel con el que estaba en comunicación y que tenía el chip de Publi-axón Neuronal S.A., y todo en forma simultánea, causando un ruido y resonancia en las neuronas que causaban sicopatías diversas.

Sin embargo, como gente empresaria, fría y calculadora, los directivos de Publi-axón Neuronal S.A. pensaban que lo importante era que su público objetivo seguía comprando, aunque había un conflicto con los anuncios publicitarios que le enviaba su competidor. No aceptaban ninguna responsabilidad respecto al daño que pudieran estar causando a los receptores de mensajes, pensaban que no era su problema puesto que, en el fondo, el mensaje intruso había sido creado por la competencia. Y por lo tanto a ellos no les correspondía darle solución.

Los hospitales y clínicas del medio informaron al Ministerio de Salud el incremento inusual de estas enfermedades mentales, y alertaron sobre que se estaba volviendo epidémico, aunque no se podían determinar todavía las causas.

Publi-axón Neuronal S.A. aún podía mantener el control. Bastaba simplemente apelar a sus contactos dentro del gobierno para frenar cualquier intento de investigación del caso. Es que había muchísimo dinero involucrado en el negocio, y en el fondo, las sicopatías que se estaban detectando no eran graves, o al menos no se habían reportados casos que no se hubieran podido solucionar. En la mayoría de los casos que estaban en estudio bastaba dar descanso total, licencia por razones médicas de sus centros laborales, suspensión del uso de medios electrónicos entre los que se incluía el celular (sin saber fehacientemente que este era el equipo causante de todo) y al poco tiempo la persona volvía a la normalidad. Y en los casos más graves, el método más efectivo fue provocar sueño inducido, y listo. Como nuevo.

Pero las otras empresas neurodifusoras, ya había detectado la ventaja de Publi-axón Neuronal S.A., y simplemente repitieron la rutina de conseguirse el celular de la competencia y revisar el nuevo microchip, y volver a duplicarlo para sus propios equipos. De esta forma volvían a estar en carrera, y empezaron a recuperar ventas de sus servicios. Pero también se incrementó el índice de enfermedades mentales, porque como podrá deducirse, ahora una persona al usar su Smartphone recibía simultáneamente dos señales pues todas las empresas fabricantes ya tenían el sistema. El efecto patológico ahora sí era evidente y el origen podía deducirse sin ser especialista. Pero ahora eran todas las competidoras, agremiadas en la Asociación de Empresas Distribuidoras de Equipos de Comunicación Móvil, las que presionaban al Ministerio de Salud para que no actúe, neutralizando de uno u otro modo a las personas claves.

Como ya se ha visto, el otro efecto del novedoso método de inducir compras, era sobre las empresas que viven de la publicidad. Las radiodifusoras, las televisoras, la prensa escrita, las empresas de marketing y de publicidad, languidecían, estaban muriendo. Si las ventas llagaban al 10% de lo que tenían anteriormente, podían considerarse muy afortunadas. Cuando conversaban con sus clientes, para pedirles, para rogarles por avisaje, la respuesta era invariable. Sus niveles de venta eran suficientes y no requerían servicios por el momento. Pero dentro de la desesperación que les generaba estar llegando al final de su existencia, poco a poco se fue descubriendo la verdad completa, y los gremios radiodifusores y publicitarios se unieron para hacer una campaña dirigida al público para alertarlos sobre las consecuencias del uso de los Smartphone "contaminados".

Al Ministerio de Salud, ante la presión mediática, no le quedó otra salida que iniciar la investigación, para encontrar a los culpables de la enfermedad mental inducida, que ahora salía a la luz. La reacción el Congreso también fue automática: formar una Comisión Investigadora que empezó a citar a cuanta persona se le ponía al frente para desenmascarar al culpable. Y por supuesto que la Fiscalía y la Contraloría, en sendas conferencias de prensa, anunciaron que harían las denuncias contra los que resultaran responsables, cayera quien cayera.

Los más beneficiados con el problema fueron los talleres de reparación de celulares, esos que anuncian desbloqueos, activaciones, cambios de número, nuevo chip, que de la noche a la mañana se fueron llenando de clientela, para que le saquen el dichoso microchip malicioso del equipo.

Algunas personas que se vieron afectadas, y que querían que se sancione a quienes los habían agraviado, incoaron denuncias ante el Poder Judicial, con la esperanza que se castigue a los responsables, y por qué no, obtener un resarcimiento económico por los gastos en salud que debieron realizar. También se generó trabajo especial para algunos connotados abogados de las empresas "neurodifusoras", que luego de un paciente proceso de impugnar a jueces incómodos, compartir utilidades con jueces cómodos, hacer que pase el tiempo para que el tema salga del primer plano de la noticia, y otras artimañas legales, lograron que todo quede anulado porque los jueces llegaron a la conclusión que el colocar un chip en un celular no estaba convenientemente definido en el Código Penal, y consecuentemente, al no estar definido, no existía como delito. Muy lógico.

Las radiodifusoras, televisoras, prensa escrita, empresas publicitarias eran más prácticas en estos casos. Ya habían recuperado a sus anunciantes y clientes, sabían que con el tiempo sus finanzas recuperarían el vigor que habían perdido, y por otro lado, con lo que había sucedido con las denuncias particulares que fueron archivadas tenían claro cuál sería el destino de cualquier recurso que presentaran, y optaron por simplemente dejar pasar el tiempo y que todo se olvide paulatinamente.

La Comisión Investigadora del Congreso no llegó a nada, La Fiscalía no acusó, y el Contralor si pudo hacer algo: denunció a varios trabajadores estatales de tercer o cuarto nivel, con lo cual sus números estadísticos de lucha anticorrupción se incrementaron notablemente lo que los llevó a colocar avisaje en los medios mostrando que su índice de denuncias contra los trabajadores del Ministerio de Salud había tenido un efecto positivo lo cual se podía acreditar en un cuidadoso y coloreado gráfico que mostraba que ese mes el número de denuncias había tenido un apreciable crecimiento.

El Gobierno logró que se aprobara una Ley que prohibía el uso de todo tipo de dispositivos y microchips instalados en teléfonos celulares, que enviaran cualquier tipo de mensaje publicitario que pudiera afectar la salud mental del receptor.

Listo, conforme pasaran los meses todo quedaría en el olvido.

Pero Publi-axón Neuronal S.A. no estaba conforme. Había perdido la principal fuente de ingresos y la tecnología que lo diferenciaba de las otras empresas de publicidad y de venta de Smartphone. Ahora era una más del montón que tenía que competir sin ventajas contra las otras. La brillante idea del dispositivo para celulares había salido de una idea desarrollada en una empresa extranjera en Japón. Pero las ganancias de su aplicación hasta la interrupción les habían permitido organizar su propio Departamento de Research & Development, con su laboratorio de pruebas de la más alta tecnología, que además contaba con personal de primer nivel, mucho del cual había sido contratado de las mejores empresas mundiales. Era el momento que justificaran el por qué habían sido traídos al país.

Hubo una reunión extraordinaria de la Junta de Accionistas, para determinar el camino a seguir, a la que se convocó a todas gerencias de la empresa y especialmente a todos los integrantes del Departamento de Research & Development, así como al estudio de abogados que los había asesorado tan exitosamente durante el problema legal +del microchip. La reunión era en un hotel campestre, con todas las comodidades posibles, porque la directiva era no abandonar el lugar hasta haber llegado a la solución final que los pusiera nuevamente delante de todos y con ventaja tecnológica y comercial.

Durante la reunión, se iban presentando todo tipo de ideas innovadoras, que eran revisadas desde el punto de vista de viabilidad técnica, así como desde la óptica legal, pues no se quería volver a entrar en problemas que los pudiera comprometer en situaciones como la que vivieron.

Después de unos días se llegó a la conclusión final, factible en todos los aspectos, nunca antes vista, inalcanzable para la competencia.

Era el Smartphone neuronal. Un dispositivo microscópico que podía instalarse en el oído interno de las personas, y que mediante una extensiones de platino se conectaba al cerebro, y luego del entrenamiento necesario lograba ser dominado por el usuario, para activarse a voluntad, es decir, encenderse para recibir llamadas, transformar las señales cerebrales en ondas de sonido para contestar llamadas, activar y manejar los aplicativos de redes sociales, enviar mensajes de texto, utilizar los aplicativos de procesadores de texto y hojas de cálculo, tomar fotos, que también podían ser enviadas a una computadora, Tablet, a una impresora con wi fi o lo que fuere con sistema operativo compatible. No requerían fuente externa de energía, porque la tomaba de los propios terminales nerviosos en una cantidad tan mínima que no afectaba al portador. Y podía ser apagada a voluntad. Pero el secreto era que no se apagaba totalmente, sino que seguía activa la función de inducción de compra. Con ella se superaba la necesidad de enviar publicidad de algún producto, que finalmente podía ser aceptada o rechazada por la persona, tal como se hacía con el dispositivo antiguo, literalmente antiguo. Este nuevo, lo que hacía era disponer lo que se debía comprar, daba órdenes internas, manejaba al individuo a voluntad. El sueño de toda empresa que quiere colocar productos en el mercado. Estaría disponible para finales del año.

Zombis.

Transfusión de sangre

El cuerpo humano, que incluye la parte somática o física y la intelectual, conductual y actividad cerebral, es un mecanismo homogéneo y unitario, los órganos deben estar preparados para actuar de acuerdo a la idiosincrasia de la persona, lo que debe ocurrir también en el sentido contrario, es decir, la idiosincrasia de la persona estará relacionada con el tipo de órganos que posee. Un tipo que quiere ser atlético, deberá forzar que sus órganos estén preparados para que desempeñen esa actividad, pero estará limitado por la máxima capacidad que le permitan éstos, y viceversa, un cuerpo preparado para ser fuerte podrá serlo si es que la voluntad mental es suficiente. Hay una interdependencia real entre ambos conceptos. Y el buen funcionamiento de uno depende del otro y viceversa.

Un corazón o pulmones muy pequeños pueden condicionar a que por más que se esfuerce la persona, no logre llegar a una excelencia deportiva, porque no podrá bombear suficiente sangre a los músculos que lo demandan o ésta llegará sin la cantidad de oxígeno, y por el contrario, si son muy grandes su utilización no plena puede llevar a una serie de patologías. Se han visto una serie de ensayos de ficción, en las que por ejemplo se le implantaban las manos de un asesino a una persona, y eventualmente éstas tomaban su propio control y cometían crímenes sin que pudieran ser controladas por el nuevo cuerpo donde estaban injertadas. No deja esto de tener cierta lógica.

El caso de Fidencio H. fue estudiado pacientemente por el médico que tuvo el infortunio o tal vez la suerte de encargarse de su enfermedad.

Fidencio no tenía ningún problema de salud, era una persona común, ubicada dentro del promedio de cualquier característica que se quisiera analizar dentro de la sociedad: inteligencia promedio, aptitud física promedio, elocuencia promedio, agresividad promedio, y eso lo convertía en una persona prácticamente invisible, oculta dentro de la masa humana donde residía.

Pero poco después de cumplir dieciocho años tuvo un percance. Se desmayó en la oficina del centro de trabajo donde laboraba y fue llevado de urgencia al hospital más cercano donde fue ingresado a la sala de Emergencia porque se temía un desenlace trágico. Y fue ahí que tomó contacto por primera vez con el doctor Augusto Q. quien hasta la fecha sigue investigando el caso y está próximo a publicar un trabajo científico que espera que lo lleve a conseguir un premio mundial, tal vez el Nobel, lo que no estaría mal si tenemos en cuenta que el reconocimiento científico viene acompañado con un suculento desembolso dinerario.

Fidencio llegó inconsciente, casi sin signos vitales, pero vivo. Inmediatamente lo trataron de reanimar usando los métodos tradicionales, pero a la vez tomándole todo tipo de muestras para análisis: orina, sangre, heces, y no pregunten cómo, porque para eso hay enfermeros especializados. Muestra del pelo para ver si se encontraba restos de estimulantes prohibidos, de saliva, de piel y muchas cosas más, porque lo bueno es que cuando lo ingresaron al nosocomio lo hicieron mostrando su carnet de estar inscrito en un seguro particular, donde se podían cargar los gastos, y entonces los galenos siguiendo las instrucciones de la administración del centro de salud, no podían dejar pasar la oportunidad.

El resultado fue rápido pero muy extraño: se le había licuado la sangre, o sea, tenía menos glóbulos blancos, rojos, plaquetas y otras cositas, que son materia del conocimiento de los galenos, que lo normal. Pero mientras se encontraba las causas había que mantenerlo vivo, y la acción inmediata que debía tomarse en forma inmediata era una transfusión.

Lo colocaron en una camilla para llevarlo a la sala de transfusiones, y previo a sacarle otra muestra del líquido que tenía en las venas, porque sangre, sangre como que ya no era, le aplicaron una unidad o sea una bolsita del elemento vital. Fidencio recobró el color en la cara y se puso de pie automáticamente. El médico le preguntó cómo se sentía, y la respuesta fue también enigmática:

"Buenoooo, creo que estamos física y mentalmente preparados, y regreso a mi oficina para conjuntamente con todos mis compañeros, poner en práctica lo que hemos ensayado en la semana y lograr el objetivo que nos hemos trazado. Yo soy solo uno más y con todo el equipo nos daremos íntegros, tanto los que estemos en primera línea como los que quedemos listos para entrar en cualquier momento"

Y se fue trotando por el pasadizo hacia la calle.

Extraño, muy extraño. Fue lo único que atinó a pensar el doctor Augusto Q. Ahora había dos misterios por resolver: uno, determinar el origen y la enfermedad en sí, y dos, la reacción de Fidencio.

Para desentrañar la segunda incógnita, había que determinar qué elementos nuevos había en el cuerpo del paciente que pudieran haber originado el cambio de conducta. Elemental: la sangre de la transfusión era lo que había que investigar, porque era lo único nuevo que tenía. Bastó una rápida visita al banco de sangre de la clínica y preguntar sobre origen de la misma y enterarse que provenía de un lote que se había logrado de donaciones de futbolistas que estaban haciendo una obra de apoyo social. Quizá eso explicaba las palabras y la actitud. Pero era sólo una primera observación que anotó con mucho cuidado y detalle en la historia clínica.

Sobre el origen del problema sanguíneo, tendría que esperar el resultado de los análisis, pero necesitaría más información porque era muy curioso que Fidencio había tenido siempre una vida absolutamente normal, y luego, de buenas a primeras se le presentó el caso. Claro, porque los problemas hormonales de la adolescencia ya habían pasado. Entonces, ¿qué otro factor habría intervenido? Pidió que lo ubiquen y lo citen para poder conversar más calmadamente.

Dos días después se reunían en el consultorio. El doctor Augusto Q. auscultó cuidadosamente a Fidencio, que vestía zapatillas deportivas, pantalón de buzo y una camiseta del Manchester con el número 9, corte de pelo tipo escobillón y tatuajes en ambos brazos. Todo normal, excepto que tenía un inusitado aspecto atlético, y la grasa de la panza le había desaparecido. Muy científicamente, le preguntó sobre sus hábitos alimenticios, su lugar de residencia, y también los sitios que frecuentaba. Si había salido fuera de la ciudad en los últimos años, porque había la posibilidad de haber contraído un virus de algún lugar contaminado. Nunca se sabe, pero hay que estar seguro.

Se enteró por lo que narró el paciente que estuvo disfrutando sus vacaciones hacía un año aproximadamente, justo en un área cercana a donde se había reportado la caída de un meteorito, aunque los lugareños juraban que eso no era cierto, sino. más bien, que había aterrizado un OVNI. Pero eso eran habladurías. Sin embargo, para el doctor Augusto Q. cualquier indicio era válido, y simplemente lo anotó para futuras indagaciones.

Meteorito o nave, el doctor Augusto Q. consideró que no podía descartarse la presencia de un virus alienígena, venido del espacio sideral. Y que debería ser considerada como una hipótesis de trabajo. Pero ¿cómo encontrar dicho virus con los análisis rutinarios de sangre, puesto que si era extra planetario no habría manera de identificarlo? Y otro problema mayor: la muestra que le habían sacado a Fidencio cuando lo trajeron por emergencia, ya no existía, y eso sí que era un problema, porque no había la seguridad que la actual sangre contuviera al bicho.

Pero Fidencio había cambiado. Iba a la oficina con los diarios deportivos, se sabía la tabla de posiciones del campeonato de fútbol local, los resultados de los partidos de la Champions League, las contrataciones y transferencias de los jugadores, los candidatos al Balón de Oro, las formaciones de los principales equipos. Había organizado en la oficina un equipo de fulbito para competir en el campeonato interno de la empresa, y estaba coordinando con otras empresas para hacer un campeonato entre ellas. Era muy energético, pero su rendimiento laboral había bajado. No se podía concentrar en trabajos administrativos. Se había vuelto hiperactivo.

Casi un mes después, una noche cuando estaba jugándose un partidazo en el que su oficina estaba ganando por goleada con una soberbia actuación de él y con un hat trick inolvidable, de buenas a primeras cayó desmayado nuevamente. Otra vez había perdido totalmente la coloración de la piel, estaba lívido, parecía un europeo nórdico, pero bien nórdico. Fue llevado rápidamente a la clínica donde ya lo esperaba el doctor Augusto Q. a quien habían avisado porque estaba registrado como su médico tratante.

El doctor ya tenía una teoría sobre lo que lo había influenciado que no podía ser otra cosa que la sangre transferida. Por ello, había ubicado a un donante con características definidas. Era un periodista que había estado promoviendo una campaña de donación de sangre, y consecuente con ella, tuvo que ser el primero en hacerlo delante de cámaras. Antes de hacer la transfusión a Fidencio, le sacaron varias muestras del líquido que tenía en los vasos capilares, y fueron enviados a diversos laboratorios en cajas refrigeradas, entre ellos uno al de la NASA, otro a Berlín, otro a Moscú, y por error se envió otro a Transilvania que parece que se lo bebieron porque no hubo nunca respuesta alguna.

Por otro lado, el doctor Augusto Q. se quedó con varias muestras que se dispuso a analizar en diferentes ambientes para ver si forzaba la aparición del virus. Puso algunas gotitas en varias cajitas Petri y agregó diferentes disolventes: suero fisiológico, agua con sal, agua azucarada, grasa animal, y muchos más.

Mientras tanto, se completaba la transfusión a Fidencio, quien apenas terminada la operación, se puso de pie diciendo: *"Directo en directo, a lo largo y ancho del país con cobertura nacional e internacio-*

nal, nos sentimos comprometidos con mantenerlos informados de todo lo que ocurrió, mientras usted dormía."

Y se fue. Pero esto le había servido al doctor Augusto Q. para darle un poco más de fuerza a su teoría de que era la sangre transferida la que de alguna manera era el vehículo para el cambio de conducta del paciente. O tal vez era solo parte de las condiciones que debían juntarse para llegar a ese prodigio, por supuesto en conjunción con el supuesto virus. Pero con esta observación, se había acercado un paso más a la verdad.

Al día siguiente en la oficina sorprendió a propios y extraños, había cambiado de personalidad. Ya no era el futbolista desenfadado, sino se veía parado observando a todos, mirando por la ventana y haciendo unas notas en una libreta que se había conseguido. Y cuando se juntaban dos o más colegas para conversar, él se acercaba disimuladamente con una grabadora portátil en la mano para escucharlos y posiblemente grabarlos. A la hora de almuerzo o de salida, se quedaba un poco más para fisgonear en los escritorios en busca de alguna noticia. Y a la semana siguiente ya había fundado un periódico mural en el que se podía leer primicias que había logrado durante las investigaciones que ahora rutinariamente hacía.

Logró revelar y sacar a la luz romances furtivos entre oficinistas, porque "eso es lo que le gusta a la gente", para luego ofrecerles tribuna en el periódico mural para que los interesados pudieran hacer sus descargos. También tenía una columna de opinión, en la que daba sus puntos de vista sobre temas como el futuro de la empresa, las actuaciones de las jefaturas, críticas sobre la vida privada del dueño, y muchas otras cosas que estaban desesperando a la administración. Aunque era un trabajador que siempre había sido muy dedicado y confiable, y se había ganado prestigio y consideración, ya estaba sobrepasando el límite de lo permisible y la administración comenzaba a evaluar alguna acción.

Fue citado por el Jefe de Personal para conversar y darle, quizá, lo que sería su última oportunidad para permanecer en la empresa.

Pero Fidencio estaba poseído, y lo que hizo fue procurarse de una grabadora de bolsillo, una videocámara casera y haciendo todo un show mediático explicó a sus compañeros de oficina que había sido llamado a la jefatura de personal seguramente con la finalidad de atentar contra su derecho a informar y que de ninguna manera iba a permitir presiones, y le salió tan bien el efecto, que varios formaron una especie de escolta que lo seguía a la oficina de recursos humanos donde iba a tener su entrevista, para darle su apoyo. O tal vez era solo para ver que hacía el loco.

Entró raudamente a la oficina de personal, con su videocámara encendida y también la grabadora, jadeando como suelen hacer algunos periodistas que cubre noticias en vivo, y se sentó frente al jefe, que sólo atinó a decirle:

"*¡Tranquilízate Fidencio! ¡Calma!*"

"*¿Cómo se puede estar pasivo ante la inminente conculcación del derecho de estar informado? ¿Es cierto que la empresa planea cerrar el periódico mural? ¿Qué están planeando? ¿Mi transferencia a provincias porque me he convertido en alguien incómodo porque saco a la luz la verdad?*" respondió inquisidor Fidencio.

"*A donde quiero transferirte es al manicomio.*", pensó el jefe, para luego decir: "*No se trata de eso, pero últimamente estás muy intranquilo, y estás abandonando tus obligaciones. De repente estás un poco cansado (o se te fundió el cerebro). La verdad es que la empresa quiere que vayas a verte donde un sicólogo*"

"*¡De ninguna manera, lo que la empresa está haciendo es una maniobra para silenciar a la prensa y eso no debe hacerse dentro de una democracia, donde el quinto poder es una institución básica para mantener el equilibrio y..........!*"

Se desmayó. Nuevamente los apuros para llevárselo a la clínica. Pero como no era la primera vez que esto ocurría, algunos de sus compañeros, con la serenidad que da la experiencia en estas emergencias, lo recogieron del suelo y se lo llevaron a la calle para tomar un taxi y trasladarlo lo más rápido posible. La asistente de personal se encargó de llamar a la clínica para que le avisen al doctor Augusto Q. que su paciente estaba en camino.

Lo importante, para resolver este caso, es que el doctor Augusto Q. ya tenía algunos avances en su investigación. No se trataba, como había sospechado al inicio, de algún contagio con un virus extraterrestre, eso había quedado bastante claro en una visita que hizo al lugar donde estuvo Fidencio de vacaciones, y donde supuestamente había caído el meteorito. Y comprobó que todo había sido un truco publicitario de alcalde del lugar. Había conseguido algunas piezas de un tractor abandonado y luego de mezclarlas con otros artefactos como licuadoras, microondas, lavadoras y hasta refrigeradoras, y quemarlas con kerosene, las colocó en un lugar bastante inhóspito cerca del lago principal de la zona, rodeó y aisló el área con cinta, con carteles de "Prohibido el paso" y "Los infractores serán arrestados" y el resto fue crear una leyenda, con lo que consiguió algo muy importante como era incrementar el turismo hacia la zona del lago. Lo que hizo también fue construir facilidades para quedarse a pernoctar cerca, promover restaurantes, botes de paseo, movilidades, y todo listo. Pero de extraterrestres nada, por ningún lado. Y eso era un hecho.

Ya en el hospital, tuvo que sacarle nuevamente muestras de sangre para seguir con la investigación, confirmar o rectificar resultados y en algún momento llegar a la verdad, que estaba buscando y que sentía que ya se estaba acercando. Porque en realidad ahora tenía una teoría mucho más creíble y aproximada a lo que podría ser el origen del fenómeno, pero como buen investigador y profesional responsable, quería verificarla antes de darla a conocer a la comunidad científica.

Pero primero, lo primero. Había que salvar a Fidencio de la muerte y la única manera era hacer una nueva transfusión de sangre, pero en forma controlada y programada. En esta oportunidad, hizo una selección cuidadosa de la sangre según el donante, y resultó ser de un maestro de escuela. Y lo había seleccionado considerando que tenía que proteger a su paciente de cualquier impromptu generado por la alteración de la personalidad, y ¡que más inofensivo que un maestro de escuela, y de primaria para más abundamiento!

Sin embargo, no tomó en cuenta que esta vez Fidencio volvió a las andadas en su oficina. Lo primero que hizo fue conseguir un plumón rojo e ir directamente al mural donde se publicaban las directivas para la oficina. Hizo un perfecto trabajo de revisión gramatical y marcó con rojo escandaloso lo que a su juicio correspondía a errores. También colocó anotaciones al margen en los que explicaba la falla y presentaba la alternativa correcta.

Luego, se paseaba por los escritorios de sus compañeros, y les llamaba la atención por el desorden que había en los lugares de trabajo de algunos de ellos. Les explicaba que debían ser ordenados y limpios, porque tenían que acostumbrarse a los valores positivos para luego ser útiles a la familia y la sociedad, y que si, por el contrario, adquirían malos hábitos, luego sería difícil corregirse, porque "árbol que crece torcido, su rama nunca endereza".

Mientras tanto el doctor Augusto Q. estaba sobre la pista. Había detectado la existencia de unas células extrañas en la muestra de sangre, que aunque también eran células, reaccionaban de otra manera. Al microscopio, con luz tenue, se les podía ver moviéndose en forma normal, pero cuando se ponía una luz potente para poder observarlas con más detenimiento, desaparecían, se escondían, se volvían inubicables. Este comportamiento atípico demostraba que no eran las células normales que existían naturalmente en el cuerpo, sino que de alguna manera habían ingresado a él, contaminándolo. La idea fue tratar de determinar el momento y la forma en que habían entrado al cuerpo de Fidencio, y con ello quedaría gran parte del misterio resuelto.

El doctor Augusto Q. decidió que la investigación debía orientarla para que se realice fuera del laboratorio. Lo primero era buscar información médica de Fidencio en todos los lugares donde se hubiera atendido, para ver si alguno de los eventos en los que había estado justificaba la contaminación sanguínea. Y la primera información, que siguiendo una secuencia lógica debía conseguir era: ¡Lugar y fecha de nacimiento! Esto no era difícil, estaba en la historia clínica.

Con eso datos salió disparado para visitar la clínica referenciada donde había venido al mundo. Entró a la oficina de la administración, para explicarles el caso que estaba investigando, y obtuvo todo el apoyo. Le fue proporcionado todo el archivo del nacimiento e incluso, para suerte suya, tanto el médico como la obstetriz que atendieron el parto estaban en ese momento presentes, y pudo entrevistarlos. Sin embargo, toda la referencia fue que había sido un nacimiento normal, incluso el parto fue natural, no hubo instrumentación, no tuvo que estar en la incubadora, nada fuera de lo común. Pero lo alentador de la reunión fue que el médico obstetra quedó como el pediatra de Fidencio y eso le permitiría obtener más información. El médico le ofreció reunirse al día siguiente, lo que le permitiría ubicar los archivos clínicos de la etapa en que lo atendió en su condición de menor de edad.

Fidencio seguía haciendo de las suyas. Llegaba temprano a la oficina, y se paraba frente a todos los que habían llegado antes de la hora de ingreso, e iniciaba unas charlas sobre ética, religión y otros temas que contribuirían a la "formación de la personalidad" de sus colegas. Un día, incluso, alegando que los valores patrióticos se estaban perdiendo, exigió a los presentes que se pusieran de pie porque iban a cantar, de ahí en adelante, el Himno Nacional todos los días a las 07:50 am. Si bien esto causaba risas en el momento por las ocurrencias de su colega, ya provocaba incomodidad por lo persistente que era en querer obligarlos a acompañarlo en sus iniciativas.

Otro día se le ocurrió insistir en el orden y aseo, y se la pasó recorriendo los escritorios revisando el largo del pelo de los varones, la limpieza de las uñas, si olían a recién bañados, limpieza de la ropa, cara limpia y afeitada, y ¡pobre del que no cumpliera alguno de los requisitos! Arrancaba con una charla motivacional y terminaba llamándole la atención y dejándole una boleta escrita a mano con las observaciones respectivas, y la reconvención para que al día siguiente corrigiera lo que recomendaba en el papelito.

El doctor Augusto Q. se reunió con el médico pediatra, quien afortunadamente pudo rescatar los archivos de Fidencio. Fueron revisando documento por documento, para lograr encontrar algún indicio. El doctor Augusto Q. realmente no esperaba encontrar la solución en esta revisión, porque estimaba que lo que estaban observando era muy anterior a la ocurrencia del primer evento de transfusión de sangre que le habían hecho, pero si podría ir cerrando la brecha de tantos años y podría ir determinando la fecha en que ocurrió algo fuera de lo común. Por lo menos hasta los trece años no había nada que llamara la atención, todo era normal, nada que lo diferenciara de una vida promedio.

Entonces, quedaba sólo un lapso de cinco años, en el cual algo debió haber ocurrido. Decidió insistir en el lugar donde supuestamente había caído el fraudulento meteorito, pero esta vez iría por otros indicios.

El fin de semana siguiente partió con la esperanza que el nuevo enfoque que daría a la investigación le daría algunas luces al misterio. Llevaba unas fotos recientes de Fidencio para poder facilitar el que alguien lo reconozca y pueda aportar algo a la historia. Tomó un bus de la única línea de transporte terrestre que tenía servicio al lugar, que lo llevaría en unas cuatro horas. Aprovechó el tiempo, conversando con el chofer y el copiloto, quienes reconocieron la foto de Fidencio.

"Si, nosotros lo llevamos y lo regresamos. Pero al regreso parece que había sufrido un accidente, porque vino con suero puesto. Pero estaba bien. "

Eso sí que era importante, algo había pasado en el lugar. También le dijeron dónde se había alojado en el pueblito, pues sólo había tres posibilidades, tres hospedajes para los visitantes que lo desearan, porque la mayor parte venía con sus carpas para acampar cerca del meteorito o lo que fuera. Pero es que eso era lo divertido, estar en contacto con la naturaleza escuchando historias de marcianos.

Fidencio se había alojado en uno de los hospedajes, y para allá fue el doctor. Afortunadamente en estos lugares sólo la gente joven emigra, y los antiguos se quedan en su pueblo, y registran en la mente toda la historia de generación en generación, y en forma oral.

La dueña del hospedaje también reconoció a Fidencio. Si había estado recientemente, que para los lugareños significa un lapso de un año, y se había estado paseando por todos los lugares turísticos, hasta el día que sufrió un accidente: cuando salía ebrio de la única cantina del pueblo, lo atropelló una camioneta destartalada, que finalmente fue la que más sufrió con el golpe porque nunca más volvió a funcionar. Pero lo que si le afectó a Fidencio fue que una de las descuajeringadas latas de la carrocería le hizo un corte en la cintura y el muslo derecho, que le hizo perder bastante sangre.

Inmediatamente fue socorrido por los pobladores, que lo llevaron a la posta médica. Como generalmente en el pueblo no ocurrían accidentes, o los que sucedían eran tratados en forma tradicional con hierbas y emplastos, en las posta no había mucho de donde escoger y por otro lado el desorden había hecho que la refrigeradora donde se guardaba la única bolsa de sangre para transfusiones, estuviera en la misma sala de los rayos X, y ambos equipos estaban conectados al mismo tomacorriente, de modo que cada vez que se tomaba una placa a alguien se irradiaba de pasadita a todo lo que se almacenaba en el equipo, y como lo único que no se renovaba era la bolsa de sangre, esta sustancia era la más afectada. Y algo habría pasado ¿no?, sino acuérdense de los casos del Increíble Hulk y del hombre araña.

Con la transfusión se logró recuperar Fidencio, según narraban los testigos, y se regresó a la ciudad. El doctor Augusto Q. estaba emocionado con la información. Parecía que ahora sí había cogido el hilo de la madeja. Pidió los registros de las transfusiones para encontrar quien había sido el donante de esa bolsa, y resultó ser un tal Vladimiro W. Apuntó todos los datos que permitieran identificar a dicha persona y se fue a la agencia para abordar el primer bus de regreso. Lo malo de esos lugares es que la señal de Internet no era buena, y no podría googlear para investigar al personaje. Aunque de todos modos él prefería hacer el trabajo en su oficina, con más tranquilidad y privacidad, evitando a los curiosos que siempre molestan.

Cinco horas después, ya estaba instalado en su oficina con su computadora, listo para buscar nueva información. Ingreso los datos y la respuesta fue inmediata. Vladimiro W. asesor político congresal. Es decir, uno de esos oscuros personajes que permanece en el anonimato pero que de alguna manera tiene una cuota de poder. En ese momento, lo llamaron de la clínica. Otra vez Fidencio había tenido una crisis, y aunque todos ya sabían lo que tenían que hacer, estaban instruidos para informar al médico tratante. Por supuesto que el doctor Augusto Q. salió lo más rápido posible, pero esta vez pensando en qué nueva prueba podía practicar para corroborar la información que estaba consiguiendo. Ya había analizado la sangre que le quedaba en las venas a Fidencio luego de las crisis. ¡Esta vez sacaría una muestra de la sangre inmediatamente después de la transfusión! Llamó a la clínica para que le prepararan la sala del microscopio electrónico de máxima amplificación.

Tomó la muestra de sangre e inmediatamente la colocó en el microscopio. Se observaba que las células que estaban en el cuerpo de Fidencio antes de la transfusión, se acercaban a las nuevas e iban adoptando exactamente su forma y comportamiento, es decir, se mimetizaban con los nuevos huéspedes.

Eso explicaba por qué todo el cuerpo de Fidencio adoptaba los usos y costumbres del donante de la sangre. Efectivamente, tal como hacen estos asesores, adoptan todas las formas de sus jefes, hasta su forma de vestir y de actuar, de tal manera que éste se siente comodísimo con ellos porque se auto evalúa tan importante que hasta otras personas adoptan su forma de comportarse.

La observación que hiciera hacía algunas semanas también coincidía: las células del asesor trataban de pasar desapercibidas, que nadie notara su existencia bajo ninguna circunstancia. Esto también era una característica que reforzaba sus conclusiones. Cuando las cosas se van haciendo públicas, ellos desaparecen.

El doctor Augusto Q. estaba fascinado. No movía los ojos del microscopio. Ya no se distinguía la diferencia entre las células de la transfusión y las otras. Todo trabajaba coordinadamente, hasta que nuevamente se notó un movimiento extraño: ¡Las células asesoras (las llamaremos así) se estaban tragando a las otras! ¡Otra coincidencia espectacular! ¡Se había revelado el misterio!

Sin embargo, el juramento hipocrático del doctor Augusto Q. lo puso a pensar en cuál podría ser la cura para el mal. Lo que podría haber pensado inicialmente, de mantener a Fidencio en esa situación mutante para pasearlo por todo el Mundo exhibiendo su gran descubrimiento, con lo que ganaría fama y fortuna, no lo llevaría nunca a cabo. Su responsabilidad de médico lo obligaba a buscar cómo librarlo de la enfermedad.

Quizá tardaría muchísimo tiempo en buscar la solución, tal vez no podría hacerlo solo y tendría que buscar la ayuda de la comunidad científica internacional, pero tenía una idea, y la pondría en práctica en la siguiente oportunidad. Le daría el alta a Fidencio como lo hizo en anteriores oportunidades, y lo estaría esperando para la siguiente transfusión, pero esta vez con una sangre bien seleccionada a la que expondría a la radiación para equiparar el potencial con la otra.

Seleccionaría la sangre de otro asesor congresal, y posiblemente lo curaría por completo: combatir el fuego con el fuego, sacar un clavo con otro clavo. Tal vez esa sería la respuesta.

Seguiría investigando hasta el fin. Ya se había visto el comportamiento en la vida real, cuando un asesor saca al otro y se queda hasta que otro lo saca y así sucesivamente. Pero mientras tanto, el buen

Fidencio seguiría aportando a la ciencia sin saber ni cómo. Pero las otras personalidades que pudiera adoptar hasta que alcance la cura total, podrían ser tranquilamente la base para otra historia.

Yo sé que todo lo que se está narrando parece imposible, podría pensarse que es producto de una afiebrada imaginación. Pero todo, todo es rigurosamente cierto, y si no lo creen pregúntenle al doctor Augusto Q. que trabaja en el Hospital Benigno J.

www.ingramcontent.com/pod-product-compliance
Lightning Source LLC
LaVergne TN
LVHW091548060526
838200LV00036B/754